銀杏手ならい

西條奈加

祥伝社文庫

目次

銀杏手ならい

つと、黄金色に染まった空を見上げる。

金色の小さな扇を天に敷き詰めたかのようで、晩秋の高い青が木漏れ日めいてちらつく。風が吹くたびに、しゃらしゃらと可憐な葉擦れの音がした。

色づいたこの木の下から見上げる景色が、萌は何よりも好きだった。

樹齢は二百年とも三百年とも言われる。初代公方さまが江戸に入府されるより前から、ここにつくねんと立っていたのかもしれない。そう思うと、ひどくけなげにも見える。

兄弟のいない萌にとって、この木は何でも相談できる話し相手でもあり、母に叱られた折には逃げ込む場所でもあり、いつも見守ってくれている護符でもあった。

嶋村家の門前に立つ大銀杏は、今年も見事に色づき、空の青を従えてやさしい黄金色を落としていた。

「先生、おはよう！」

ふいに腰の辺りを、ぽんと叩(たた)かれた。びくりとしてふり向くと、萌の胸の高さに、馴染(なじ)んだ三つの顔が並んでいた。

「おはよ、せんせ」

「おはようございます」

身なりもさまざまな上に、挨拶(あいさつ)の仕方もばらばらだ。棒手振(ぼてふ)りの倅(せがれ)はやんちゃで、毛抜き職人を父にもつ子ははにかみやだ。一方で、さすがに大きな商家の息子は挨拶も行き届いている。三人は同じ町内に住まい、歳も六歳前後と近く、ともに今年からここに通い出した。それでもひとりひとり、驚くほど違う。

至らない者は、早々にしつけなければ。母の美津(みつ)に小言を食らうに違いない——。いや、いっそ、礼儀のたぐいは美津に任せた方がよいだろうか？　いやいや、母の受けもちはあくまで女の子で、男の子たちは萌に一任されている。

「はい、おはようございます」

と返しながら、頭の中で素早く考えたつもりが、萌が「ます」に辿(たど)り着くより早く三人はすでに走り出し、バタバタと家の中に駆け込んでしまった。まったく子供の時間というものは、大人の三倍は忙(せわ)しない。

「萌先生、おはようございます」

「今日も良いお日和ですね」

次にやってきた女の子ふたりは、九歳と十歳。どちらも百姓の娘で、歳のせいもあり落ち着いていた。総じて女の子の方が大人びており、あつかいもよほど楽だ。しかしその分を補ってあまりある、長じてからも手のかかる子供もいる。

「よ、先生。まあた銀杏の下で日向ぼっこか？　これ以上老けちまったら、嫁の貰い手がなくなるぞ」

「ただでさえ出戻りは、貰い手に事欠くってのにな」

ともに十歳のふたりの悪餓鬼が、ぎゃははとわざとらしく笑う。片方は御家人の倅、もう片方は百姓とはいえ、名主の分家筋の息子である。非常に仲がよく、いつもつるんでおり、ともに萌への敵意を隠そうともしない。ふたりはただ、女師匠に習うのが気に入らないのだ。

萌は二十歳のとき、母の実家に勧められて御家人の家に嫁いだ。しかし嫁いできっかり三年で、実家に戻された。ちょうど一年前、去年の十月のことだった。

萌は今年、二十四になった。

手習指南は嫁入り前から手伝ってはいたものの、ふたりが『銀杏堂』に通い出したのは、萌が嫁いだ後のことだ。彼らにとっては新参の女師匠に過ぎず、認めてなぞやるものかと意固地が先に立つようだ。

「さ、生を言ってないで、中で道具をそろえなさい。今日からはふたりとも、新しい手本に移りますからね」

子供の悪態に、いちいち目くじらを立てていては、この仕事は務まらない。さっさと追い立てにかかったが、黄色く染まった大木をちらと見上げたふたりが、何気なく言った。

「この銀杏、今年も実をつけねえのかな」

「銀杏には、実がつくものと、つかねえものがあるんだってよ」

「実がつかねえんじゃ、役立たずだろ。いったい何のために、長いこと突っ立ってんだ?」

さっきと違って、悪意はない。だからこそいっそう、萌の傷を深く抉った。思わず顔を伏せ、眉間に力を入れる。そうしないと、涙がこぼれそうだ。目の前で泣いたりしたら、この子たちの尊敬は永遠に得られない。しかし幸いにも、助け船が入った。

「おまえたちは本当に、物事の見通しが浅いのですね。この銀杏は、実をつけぬからこそ値打ちがあるのですよ」

弛みきっていたふたりの背筋が、たちまちしゃんとなる。母の美津であった。

娘の萌のことは舐めきっているが、ふたりはここに四年近くも通っている。美津が武家の出で、礼儀作法にはひときわうるさく、小言となるとまことに辛辣でやかましいと、ようく承知しているのだ。

「考えてもごらんなさい。あの臭い銀杏に毎年降ってこられては、我が家の門前がどうなることか。臭うて臭うて、客はおろか、おまえたちですら容易く通れぬではありませんか」

「言われてみれば……」

「なるほど」

と、ふたりが木を見上げながら、互いにうなずく。

「この大銀杏は、さような無礼を働かないからこそ、何百年も大事にされて、こうして手習所の看板と相成ったのです。粗忽な口をきくと、罰が当たりますよ」

美津が誇らしげに、門に掲げた看板を示す。木目の勝った雲形の杉板には、父の闊達な筆で塾名が大書されていた。

『銀杏堂』

小日向水道町に、父が開いた手習所であった。

萌の父の嶋村承仙は、武蔵国忍城下に生まれた。忍は十万石。江戸の将軍家を除けば、武蔵国では川越に次ぐ大藩である。

承仙は、生糸問屋を営む裕福な商家の次男として生まれ、幼いころより学問に秀で、一方で商いにはまったく関心を示さなかった。親兄弟や店の者からは変わり者と称されていたが、当人は気にもせず、十八のときに自ら望んで江戸へ出て、高名な学者の家の門を叩いた。承仙を名乗るようになったのは、このときからだ。

以来、学問三昧の日々を送ってきたのだから、父にとっては幸せな人生と言えるのだろう。若いころには同じ塾にいた悪友と西国を巡って、さまざまな学者の知遇を得たり、さるお家の幼い若君に学問を教えたりと、なかなかに自由気ままな日々を送っていたのだが、ちょうど江戸に出て十年が過ぎたころ、妻の美津を娶った。

美津は裕福とは無縁の、御家人の娘だが、行儀のよいしっかり者であったから、両親は少しでも良い嫁ぎ先をと考えたのだろう。並みの御家人は、一生御家人のまま。せめて同じ身分でも、目先の利く物持ちの家に嫁がせたい――。娘のためでもあり、また家のためでもある。娘を旗本屋敷に花嫁修業に出したが、美津の両親にとっては、それが運の尽きだった。

美津は同じ旗本家で若君に学問を施していた、承仙と出会ったのである。

この時代、娘の結婚は親が決めるものだ。好いた惚れたで一緒になるのは、下層の町人くらいのもので、下品極まりない行為だった。武家では許されるはずもなく、ましてや相手は武士ですらない。家業も継げぬ身で、腰も落ち着かぬとなればなおさらだ。それでも美津は、がんとして己の考えを曲げなかった。

行儀のよいのは上辺だけで、ことさらに頑固な芯をもつ。美津は丸一年、両親を相手に粘り続けた。最後まで反対していた父親も、とうとう根負けした形で結婚を認めたが、そのときには承仙は無職だった。美津の実家が騒いだために、そのとばちりで、旗本家の職を失う羽目になったのだ。

忍の親許には、結納金を用立ててもらったこともあり、これ以上無心はできない。さて、どうしたものかと父は考えたそうだが、母はまったく慌てなかった。

旗本家で身につけたあれこれを、近所の娘たちに教えることにしたのである。

礼法、作法、茶の湯、生け花、習字と、武家の子女と同等の教育が手ごろに受けられるとあって、なかなかに評判を呼んだ。

習字や読み書きなら、承仙にも教えられる。武家の女子には、女師匠でなければいけないとか、男女七歳にして席を同じうせずとか、厳しい決まり事があるが、下々はもっと大らかで、同じ手習所で男女がごっちゃになって学ぶのは、ごくあたりまえだった。

また妻を見ているうちに、承仙の中にも、これまでと違った形で学問の虫がうずき出した。幼い若君と、接したためもあるかもしれない。子供に教える楽しさというものに、承仙は気づきはじめていた。

まもなく男の子を集めて、読み書き算盤を教えるようになり、さすがにふたりで暮らしていた長屋では手狭となったために、しばらくは近所の寺の堂を借りて手習所とした。

小日向水道町に一軒家を借り、『銀杏堂』を開いたのは、ふたりが一緒になって五年が過ぎたころだ。読み書き算盤は、男女を問わず承仙が、美津は十以上の女子に作法や茶道などを教えるとしたのも、このときからだ。男子は概ね、十一、二歳で世間に出ていくが、女子は嫁入りまで暇があるためだ。

以来、二十五年、手習指南所として小日向の者たちから親しまれてきた。

この地は七代将軍の治世であった正徳の頃に、町奉行支配となったが、それまでは小日向村と呼ばれる田舎地であった。水の利に恵まれており、稲作には適している。いまも江戸川の南側には田んぼが広がり、夏には緑一色となり、秋には実った稲穂で黄金色となる。小日向は台地であり坂も多く、見晴らしもよかった。

一方で、年を経るごとに町屋は増えて、また小日向の東側一帯は武家地が占める。さらに江戸川の北には寺社が多く、八つの門前町を抱える。

つまりこの土地は、武家・僧侶・百姓・町人が入り交じっているのである。そのため銀杏堂に通う子供たちの顔ぶれも、実にさまざまだ。小禄の武家の子息もいれば、職人、商人、あるいはその日暮らしの裏長屋の子供もいる。

ひとつだけ共通しているのは、親たちが総じて、子の教育に熱心ということだ。江戸の手習所は、それこそ星の数ほどある。同じ小日向にも、他に三つの私塾があり、ひとつは十歳以上の武家の男子が通う、学問所に近い趣の塾で、残るふたつはそれぞれ男子のみ、女子のみを受け入れている。

親たちは、どこに我が子を入れるべきか真剣に考え、子供を入門させる。だからこそ塾を営む側も、漫然と胡坐をかいているわけにはいかない。教え方がまずければ、他所(よそ)へ移してしまうこともあるからだ。

「銀杏堂を切りまわしていくなんて、本当に私にできるのかしら……」

父の承仙が、隠居を言い出したのは、今年の春だった。女子の礼儀作法は、これまでどおり美津に託(たく)すとして、読み書き算盤は、萌に一任された。もちろん萌は、いくら何でも荷が勝ち過ぎると父に訴えた。それでも、よく言えば大らか、悪く言えば多少いい加減なところのある父親は、憂(うれ)いなど微塵(みじん)も見せずに言い切った。

「嫁に行く前も帰ってからも、おまえは私とともに、子供たちに読み書きを教えていたではないか。ただ同じように、続ければよいだけの話だ」

あっさりと告げられて、萌はあいた口がふさがらなかった。いたって良識をわきまえた母までもが、どうしてだか異を唱(とな)えようとはしない。あれよあれよという間に話は進み、父は子供や親たちにその旨(むね)を告げて、あろうことか秋も深まった八月の終わりに、美津と萌を残して上方(かみがた)に旅立ってしまった。

「私も老い先短い身の上だからな。若いころに知り合った、学問仲間に会いに行こうと思う。美津、萌、後は頼んだぞ」

ひと月前、江戸を立った父の晴れ晴れしい顔を思い出すと、ほのかな憎らしさまでわいてくる。

「仮にも師匠なのですから、そんな情けない顔をするものではありません」

傍(かたわ)らで発破(はっぱ)をかけてくれる美津がいなければ、早々に逃げ出していたに違いない。母のおかげで辛(かろ)うじて踏み留まってはいるものの、ひと月を経たいまでさえ、師匠としての自信なぞ、これっぽっちもわいてはこなかった。

「萌、いつまでぼんやりしているのです。子供たちが待っていますよ。……それと、頭に載せたものは、おとりなさい」

言うだけ言って、母はくるりと踵(きびす)を返す。はい、と応じて、そろりと髪に手を伸ばす。指に触れたのは、扇形の黄色い落ち葉だった。

「それでは、まち。いろはまで覚えたから、今日はにに移りましょう」

「はい、萌先生」

「萌先生、あたしもう、にに書けるよ……こうやって棒を引いて、こを書けばいいんでしょ」

「もう、みきったら、邪魔しないで。あたしだって、仮名はみんな書けるもの。

いまは漢字を習っているの！」

八歳のまちが、左どなりに並ぶ六歳の妹を、軽くにらむ。妹のみきは、不服そうに口を尖らせたが、斜め向かいの子供に話しかけられ、おしゃべりをはじめた。特に注意することもなく、改めて萌はまちに向き直った。

「にと読む漢字を、何か知っていて？」

「ええっと、二と……あ、あと、仁助さんの仁！」

まちが、その二文字を紙に書く。よくできました、と萌はうなずいて、教本を示した。そこには仮名のにの下に、七つの漢字が並んでいる。

「仁は、ここにもあるでしょう？　残る六つを、昼までに覚えられますか？」

まちが元気よく、はい、と応じる。教本は崩し字で書かれており、かなり読みづらい。萌は半紙に、而、丹、荷、弐、児、耳の六字を、わかりやすく楷書で書いた。それから少し考えて、教本にはなかった、煮と尼を足した。

「少し増えたけれど、大丈夫？　これはね、煮魚や煮物のに。こっちは尼さんのことよ」

教本にあった字も、ひとつひとつ意味を説く。まちは算術は苦手だが、読み書きは得意だ。まちの筆が熱心に動くのを見てとり、となりの机に移った。

百姓の倅の忠八が、こちらは算盤を脇に置き、算術問答にとり組んでいた。忠八は九歳で、まちとは逆に読み書きより算術が達者だ。底辺と高さから、三角形の面積を求めるために算盤をはじいていた。

「縦が三十九間、幅が十四間の土地だから、三十九と十四を乗して二で割って……二百七十三坪。でいいんだよな？」

「ええ、そのとおり。でも、これが田んぼとすると、どう？」

「あ、そうか。三十で除して……九畝三歩だ」

正解だと、萌は笑顔でうなずいた。同じ算術でも、商人にとっては貨幣の計算となり、百姓なら土地の広さや年貢の額となる。

「なあ、萌先生。父ちゃんがな、そろそろ『百姓往来』にかかっちゃどうかっていうんだ」

「そう……忠八は、どう思うの？」

「おれはもうちっと、算術をやりてえんだ。だって面白いもの。往来にかかるのは、その後じゃ駄目かな？」

「それじゃあ、年が替わってから往来をはじめることにして、今年のうちは算術を続けましょう。往来にかかるより前に、もう少し字を覚えなければならないし。お父さんには、そのように言ってごらんなさい」

「おれ、読み書きはやりたかねえなあ。だって、てんで面白くねえもの」

渋る忠八に、萌は三角や丸が描かれた、和算書を示した。

「忠八は決して、読み書きができないわけではないのよ。その証しに、算術書はすらすらと読めるでしょ？」

「そりゃ、まあ」

「字を覚えていなければ、算術書は読めないし、つまり読む力はちゃんとついているの」

あとは算術書には出てこない漢字を、覚えれば良いだけだが、まちと同じ手本では、忠八のやる気は削がれるに違いない。萌は代わりに、鼠色の表紙の本を見せた。

「これは大人向けの算術書だから、問答は解けないと思うけれど、とりあえず読んでごらんなさい」

「うわあ、すげえ。難しい字ばかりで、仮名がほとんどねえや」

「解けなくとも、この問と解を読むことができれば、百姓往来でも手こずることはありませんよ」

「うん、ありがとう、萌先生」

にっ、と笑った口許から、味噌っ歯が覗く。忠八やまちのような子供ばかりなら、どんなに楽なことかと、内心でため息を呑み込んだ。

十畳の広間に、枡形に机が並べられ、萌はその真ん中に陣取っている。ふたり用の長机が、一辺につきふたつずつ。八つの机に、十六の席があるが、以前はもっと多かった。

師匠が承仙から萌に代わるときいて、六人の子供が銀杏堂を去った。それだけで萌はいたたまれない心地がしたが、父も母も、表向きは落胆を見せなかった。

「二十五人のうち、六人なら御の字だ。あと十九人もいるのだからな。どのみち萌ひとりでは、十九人も教えるのは、かなり骨だぞ」

「そのうち五人ほどは手習いを終えて、花嫁修業のために通ってくる娘たちです。私が面倒を見ることになりますから、十五を超えることはないでしょうが、それでも萌には、過ぎる数ですよ」

娘をなぐさめるつもりか、両親は少しも応えていない風情で、しれっとそのような会話を交わした。それでも以前より子供が減ったぶん、妙に隙間が目立つ座敷に、未だに馴染むことができず、何やらからだの力が抜けていく。

子供は大人の何倍も、敏いものだ。萌の覇気のなさは、子供たちにも伝わっているのだろう。真面目に筆や算盤を動かしている者は四、五人で、あとは声高に雑談に興じたり、顔に墨を塗り合ったり、取っ組み合いまではじめる始末だ。

ただ、手習所では、決してめずらしい光景ではない。

年齢、入門時期、家業に加え、まちや忠八のように得手不得手がある。同じ教本を用いて同じ速さで進むという例は、ひとりとしてなく、それぞれが自分に合った内容で手習いする。師匠はひとりひとりと向き合いながら、習熟ぶりを見極め、新たな教本を与えたり、自ら手書きして拵えることもある。覚えの悪い子供には、何度も復習させ、方向を変えて学ばせるよう仕向けたりと、臨機応変に処さねばならない。

筆子それぞれの身の丈に合った学習こそが、もっとも子供の才を伸ばし、落ちこぼれを防ぐことにも繋がる。

江戸では、手習所に通う子供を「筆子」、または「寺子」と呼ぶ。

寺子と称するのは、「寺子屋」の名残である。古くは子供に手習いを教えたのは寺であり、いまも西国や田舎ではそう呼ぶが、江戸だけは「手習所」の呼称が定着した。それでも寺子屋の風習だけは残っており、手習所への入門を「登山」、卒業を「下山」というのもそのためだ。

登山や下山の時期も、家の事情や親の考えによりさまざまで、登山は概ね六歳前後、五歳から七歳が目安だが、もっと長じてからはじめる子供もいる。下山は男女で違いがあり、男子は十一歳、女子は十四歳がもっとも多い。銀杏堂では、女子は十歳を超えた辺りから美津が受けもって、当人や親の希望に沿って、茶の湯や生け花ばかりでなく、和歌や俳句、書道なども教える。

男子は女子より三年ほど、学びの期間が短い上に、行儀のいい子供など数えるほどだ。きき捨てならない騒々しさや悪戯には、要所要所で美津が出張ってきて、しつけの面では助けてくれるものの、男子の学業は萌の肩にかかっている。親が望む程度に習熟が達していないまま下山させるのは、師匠としての面目が立たない。

どれほどの数の塾生がいようと、日々の学びは師匠と筆子、一対一のつき合いであり、それはときに戦いに等しく、同時に互いの信頼が何よりの要となる。ただ、筆子十四人に対し、萌のからだはひとつしかない。誰かを見ているときは残る十三人は放ったらかしとなる。自習をさせるしかないのだが、子供の常ですぐに飽きる。これを絶えず怒鳴りつけ、机に縛りつけておくような師匠はまずいない。遊び、ふざけ、ころげまわるのが、子供の真の性分であるからだ。幼いうちから礼儀作法を身につけた、武家の子供ならともかく、町屋の手習所となれば、騒々しいのはあたりまえだ。

それでも父がいなくなってからの銀杏堂の凄まじさは、目にあまるものがある。

自習のふりさえせず、中には丸一日、教本を開くことすらしない者もいる。そうまで女師匠に敵意を見せるのは、実はふたりだけなのだが、彼らに扇動されるようにして銀杏堂の箍自体が弛んできている。

萌にはそう思えてならず、決してとりこし苦労などではない。

近所の仲良しのお梶が、たいそう心配してくれるのがその証しだ。

「萌ちゃん、あんた大丈夫？　ここんとこ疲れているようだし、銀杏堂は前にも増してかしましいし、うちの人も案じていてね。男の子も年端のいかないうちは可愛いもんだけど、十を過ぎると手がつけられなくなるでしょ」

銀杏堂の向かいには、煎餅長屋がある。とっつきにある煎餅屋が名の由来で、米造とお梶の夫婦は、その裏長屋に住んでいた。米造は近所の刷毛師の次男坊だが、自身は筆師になった。相場より安く質が良いため、銀杏堂でも『米筆』の品を贔屓にしている。

米造もお梶も、同じ小日向水道町に生まれ育った、萌にとっては幼馴染みだ。ことにひとりっ子の萌にとって、ひとつ年上のお梶は、姉のような存在だった。お梶もまた、萌のことは絶えず気にかけてくれて、七年前に米造と一緒になり、ふたりの子持ちとなったいまも変わらない。

「いっそ助っ人に行って、おれが小うるさいガキの頭を、ひっぱたいてこようかとまで言い出して」

「米ちゃんらしいわね」

「束になってかかってこられたら、筆師の腕っぷしじゃ、てんで敵いっこないのにねえ」

自分たちの心配を、笑いに収めるところがお梶らしいが、銀杏堂の内実は、まさに笑い事では済まないところまで来ている。

萌は腹を据え、騒ぎの大本たる、ふたりの筆子のもとへと膝を進めた。

御家人の倅の増之介と、名主の分家筋の次男、角太郎である。

「増之介、角太郎。先ほど渡した手本は、目を通しましたか？」

ふたりはともに、十歳。早い者なら、そろそろ下山の時期に来ていたが、いまのままでは、とても及第など与えられない。精一杯、怖い顔を作っても、ふたりはどこ吹く風で、しゃあしゃあと言ってのけた。

「女先生がくれた手本はつまらなかったから、こいつに変えました」

にやにやしながら増之介が机に出した本は、表紙が黄色い。いわゆる黄表紙と呼ばれる、俗な読み物である。増之介が本を開くと、全裸でからみ合う男女の春画が、目にとび込んできた。それだけで頬に血がのぼり、言葉を失った。叱声すら発せられぬ萌の表情に、ふたりがにんまりする。

「ことさら面白かったんで、とっくりと修練しました。ひとつきいておくんなせえ」

もっともらしく角太郎が手にとって、大きな声で読みはじめた。

「『玉門に上開ありといえども、とぼさざればその味をしらずとは。雁際高き良い玉茎の、中も太いもおしなべて、たとえば陰戸の昼見えず、夜は寝てから現る……』」

幼い子供たちは、何のことかわからないのだろう。きょとんとしながらも、得意そうに読み上げる角太郎をながめているが、あまりにあからさまな隠語の羅列に、萌はそれ以上きくに堪えなかった。

「およしなさい！　角太郎！」

自分のものではないような、悲鳴じみた声がほとばしり、怒りのあまりわなわなとからだが震え出す。わざとらしく、増之介が応じた。

「どこか、間違っていましたか、女先生。読み方に不心得があれば、教えてくだせえ」

悪童たちにとっては、してやったりだろうが、いつも穏やかな女師匠しか知らぬ他の子供たちには、初めて見せる顔だった。忠八なぞは、びっくりして口をあけているが、まちやみきの目は、あきらかに怯えていた。

子供たちの視線を肌で感じたとたん、怒りが急速に失せて、どうしようもない悲しみが突き上げた。

――とうとう、やってしまった……。

子供たちとの絆を、自ら断ち切るような真似をしてしまった。これで増之介や角太郎はもちろん、他の筆子たちとの信頼も、失ってしまう――。

不覚にも涙がこみ上げ、恥も外聞もなく、泣きながら座敷を逃げ出したい衝動に駆られたが、萌が腰を浮かすと同時に、襖が外からさらりと開いた。母の美津だった。

美津の背後のとなり座敷には、五人の娘たちが控えている。今日は生け花を教えていて、別天地のごとく、鮮やかな花々で彩られていた。

美津は落ち着き払った表情で、ふたりの悪童たちの前に膝を正した。きりりと背筋を伸ばし、常と変わらぬ横顔だったが、母の次の言葉には仰天した。

「角太郎、ひとつ、私にもきかせてもらえませんか？　襖にふさがれて、よくきこえませんでしたから」

「母上……何を……」

娘の止め立てを、眼光ひとつでさえぎり、美津はなおも催促した。

「さ、角太郎、はじめておくれ。おまえの読み方が、どれほど上達したか、私にも披露してもらいましょう」

困ったぞ、と言いたげに、ちらりと悪童ふたりが視線を交わす。子供の企みというものは、おしなべて底が浅い。先の先まで読むことなく、尻切れとんぼになりがちで、だからこそ始末が悪い。ふたりにとっては見当の外だったのだろうが、美津に乞われて仕方なく角太郎はふたたび黄表紙を両手に掲げた。

「えっと、どこからだ？」

「知るか」と、増之介が口を尖らせる。

「どうせなら、いっとう艶なところをお願いしますよ。おまえたちはその本を、ようく読み込んできたのでしょう？」

角太郎が嫌そうに顔をしかめ、本の中ほどを開く。最前よりもかなり勢いの削がれた声ながら、山場らしき場面を音読する。春本の山場と言えば、赤裸々な男女のからみ合いであるのだが、眉ひとつ動かさず、背筋を伸ばして大真面目できき入る美津が相手では、語り手としては虚しくてならない。だんだんと抑揚も乏しくなり、終いにはまるで艶本ではなく、お経を唱えているような調子になる。

他の子供たちも、しばらくは有難い説教であるかのように、かしこまって拝聴していたが、いい加減のところで、くくっと笑う声がきこえた。

「みきってば、笑っちゃ駄目だよ」

「だって、お姉ちゃん、得たり得たりとか、ぐすりぐすりとか、おかしいよ」

「たしかに……何だか滑稽だよな」と、まちのとなりで忠八も笑い出す。

春本を淫らと思えるのは、知恵のついた大人だけだ。何も知らない子供にとっては、同じような表現がくり返し出てくる上に、擬音のたぐいなぞが滑稽にきこえるようだ。ひいては、顔色ひとつ変えない美津の前で、春本を読まされる角太郎という図が、どうにも笑いを誘う。

さざ波のように笑声が広がり、枡形に机を置いた、座敷中に満ちてゆく。

「おまえたち、笑うな！」

「これは洒落本（しゃれぼん）じゃあ、ねえんだぞ！」

増之介と角太郎の必死の抗弁さえ、やはり笑いのツボとなる。師匠をからかったはずが、自分たちが笑い者にされ、ふたりがふくれっ面（つら）で押し黙る。頃合いを見て、美津が声を放った。

「増之介、角太郎。これがおまえたちの読みたかったものですか？　おまえたちは、このような読み物をすらすらと読むために、四年も手習いを続けてきたのですか？」

応（おう）とも否（いな）とも言えず、ふたりがうつむいた。

「おまえたちの考えはともかく、少なくとも、おまえたちの父上や母上は、違う思いで銀杏堂（ここ）へ寄越しているはずですよ」

「学問なぞ……」

畳の縁（へり）を見詰めたまま、ぼそりと増之介が呟（つぶや）いた。

「何です、増之介？　はっきりおっしゃい」

「学問なぞしたところで、何も変わらねえ……持筒（もちづつ）同心の子は、一生持筒同心のままだ。いくら学問したって、与力にすらなれねえじゃねえか」

「そうだよ……おれだって、分家の子は一生分家のままだ。おまけに次男坊じゃ、先も知れてらあ」

十歳ともなれば、自分の立場というものが、おぼろげながら見えてくる。まだ伸びきっていないからだで、懸命に背伸びして見通した先行きは、ぼんやりとただ薄暗かった。小さくとも、かすかな灯りがあれば、人はそれを頼りに先へ進もうとするものだ。けれどふたりが行こうとする道は、くり返し辿ってきた先祖のにおいがしみついているだけの、何とも陰気な細道だった。

しかしふたりの訴えにも、美津は顔の筋ひとつ動かさず、さくりと言った。

「つまりおまえたちは、日々溜（た）め込んでいた己の鬱憤（うっぷん）を、師匠に向かってぶつけたということですか」

まるでりんごの種に、針を刺すようだ。皮と実に包まれて、外からは見えないはずの小さな固い種を、美津は見事に看破（かんぱ）した。

一瞬、抗うようなきつい表情が浮かんだが、どちらもぱくりと開けた口を、また閉じた。

「おまえたちの了見は、よくわかりました。学ぶ心づもりがなければ、いくら手習所に通っても無駄なこと。師匠が男だろうと女だろうと、何を教えようもありません。いますぐに銀杏堂を出て、二度と戻らなくてよろしい」

「母上、それはあまりに……」

まさかふたり一緒に放逐されることになろうとは、さすがに考えていなかったのだろう。ふたりが、すっと青ざめた。それでも増之介は、小さな拳を握り締めながら、難攻不落の砦に一矢でも報いようとする。

「いいのかよ……女先生になってから、六人もやめちまったんだぞ。これ以上筆子が減れば、困るのは……」

「ひとつ、勘違いをしているようですから、教えてあげましょう。おまえたちが、たとえ不埒者として世間さまから後ろ指を指されようと、半端者として生涯を送ろうと、私たちは痛くもかゆくもありません。痛い思いをするのは、おまえたち自身です」

母のその言葉は、萌の頭の天辺で、火花のようにはじけた。

鬱憤を溜めていたのは、萌も同じだ。婚家から戻って一年が経(た)とうというのに、未だに過去にとらわれ、先が見通せないまま立ち尽くしている。

承仙が銀杏堂を萌に任せたのは、いつまでもぐずぐずと踏ん切りのつかない娘のための、荒療治だったのかもしれない。

旅立つ折の父の笑顔が浮かび、つい涙ぐみそうになったが、いまは泣いているときではない。

「わかったよ……金輪際(こんりんざい)、二度と来ねえ」

捨台詞(すてぜりふ)を吐いた増之介に続き、角太郎も立ち上がった。

「お待ちなさい、増之介、角太郎。おまえたちの師匠は、私です！　私の許しなく、勝手を通してはなりません」

いつになく凛(りん)とした声に、ふたりが襟首(えりくび)でも摑(つか)まれたように、ぴたりと動きを止める。

「母上、少し早(はよ)うございますが、昼餉(ひるげ)にしてもよろしゅうございますか？」

「構いませんよ。ここの塾長は、おまえですからね」

ひとたび萌と目を合わせ、やはり美津はあたりまえのような顔でこたえた。

　萌は、子供たちをいったん家に帰し、増之介と角太郎だけを残した。

　昼餉は家で済ませる習いで、その後に午後の手習いが八つ刻（やつどき）まで続けられる。子供たちは、八つに手習所から戻り、菓子などをいただく。おやつというのも、それ故（ゆえ）だ。

　美津も奥へと姿を消し、萌と子供ふたりが、枡形に並んだ机の外に向かい合った。

　今度は、どんな小言を降らされるのだろう？　どれほど叱責（しっせき）されようと、美津ほどは怖くはあるまい——。そんな見当をつけていそうな表情が、垣間見（かいまみ）える。

　ふっと萌は微笑して、口を開いた。

「私がどうして婚家を出されたか、ふたりは知っていて？」

　見当と大きく外れていたためか、同じびっくり顔で、ふたりが目をしばたたく。

「どうしてって……」

「世間並みの、わけだろ？」

　生意気盛りでも、面と向かって口に出すのは、はばかられるのだろう。それぞれ、後の言葉をにごしたが、迷いを拭い去るように、あえてはっきりと萌は口にした。

「嫁いで三年、子ができなかった。それ故私は、嶋村の家に帰されました」

ほかに応えようがなかったのか、ふたりが互いにちらりと目を合わせ、それからてんでに、こくりとうなずく。

萌が嫁いだのは、納戸方同心を務める琴平家であった。字のとおり、納戸に保管された品々を警護する役目にあたり、役料は三十俵三人扶持。持筒同心――将軍家の鉄砲を管理する、増之介の家と同じ役料で、決して裕福とは言えない御家人である。

それでも、商人出である嶋村家からすれば、玉の輿とは言えないまでも、過ぎた縁談である。美津の実家である柿沢家が、やはり納戸方同心で、そちらからも ち込まれた話であった。

娘を奪った承仙を、終生許せなかったのだろう。美津の父が生きていたころは、柿沢家とも疎遠だったが、祖父が身罷り美津の兄が家督を継ぐと、よく行き来をするようになった。

美津は萌を、武家の娘と同様に育てた。おかげで年頃になると、柿沢家の従姉妹たちよりも、よほど行き届いていると褒められたりもした。その話を耳に入れたところ、先方が乗り気になったと、手柄話のように柿沢の伯父は語った。

「琴平家は、まことに品のいいお家であってな。当主の昌光殿はゆかしいお人柄で、舅姑殿もともに穏やかだ。ふたりの姉上はすでに嫁いでおるから、小姑の心配も要らぬし、萌のためには、またとない嫁ぎ先だ」

形式だけの見合いをし、無事に琴平家に嫁いだときには、萌もそう思っていた。

いや、嫁いでまる三年、家を出されるそのときまで、よいところに嫁いだと信じていた。

伯父の言ったとおり、萌より五つ上の昌光は、声を荒らげることも粗暴なふるまいをすることもない。隠居した舅や姑からも、小言すら滅多に言われない。なのに年月を経るうちに、細雪のように、不安だけがしんしんと積もってきた。

優しい夫とも、優しい義理の親たちとも、距離がまったく縮まらないからだ。

他家から嫁いだための、いわばひがみだと萌は思い込もうとしたが、摩擦がなければ、伸ばした手はつるりつるりとすべり、近づくとっかかりすら摑めない。

琴平家の一家は、誰もが薄衣(うすぎぬ)を被(かぶ)っていて、それを剥(は)いだ素顔が、どうしてもわからない――。夫と床をともにするときですら、その薄衣は剥がれなかった。

萌の不安の底には、ひとつの事実が貼りついている。いつまで経っても、懐妊の兆(きざ)しが見えなかったためだ。

夫や舅姑は、そのことで萌を責めたことは、ただの一度もない。姑にありがちな、あてこすりや皮肉さえ、常に穏やかな微笑を張りつけた口許からもれることはなかった。

それを夫や義理の両親の優しさだと、あのときまで萌は疑いすらしなかった。

けれど一年前のあの日、昌光は萌に告げた。

「おまえが嫁いで三年が経ったが、子には恵まれなかった。ついては、離縁してくれぬか」

すいと畳をすべらせて、萌の膝元に出されたのは、三行半(みくだりはん)だった。妻に離縁状を渡すときですら、夫の穏やかな微笑は変わらなかった。

これが、ずっと見たいと願っていた、夫の素顔だったのだ――。

床下が突然抜けて、畳ごと奈落の底に落ちてゆくような。絶望感とともに、萌は初めて了見した。薄衣の向こうに、隠していたわけでも何でもない。人の心の裡は、海よりも深く、滅多には見通せないはずだと、萌が勝手に考えていただけだ。夫もその親たちも、手を伸ばせばすぐ届くほどの、凪いだ浅瀬でしかなかったということだ。

　ことさら七面倒くさい情もこだわりもなく、迷いや焦りや不安とも無縁なのだ。解脱した上人のごとき姿は、すでに人ではない。萌にはとうてい理解しきれず、異人ほどに遠い。せめて少しでも、嫌味やいじわるを言われていれば、覚悟くらいはできたかもしれない。三年という歳月は、子ができず離縁される嫁の猶予としては、ごくふつうであったからだ。

　なのにふいを突かれて、萌は声を失ったかのように、ひと言も返せぬまま嶋村家へ帰された。

　そして一言も責められることなく、物のように返された萌には、慟哭すら許されない。泣くことも嘆くこともできず、戻って三月ばかりは、魂が抜かれたように、ただぼんやりと過ごしていた。見かねた承仙と美津が、また以前のように手習所を手伝うようにと命じたのは、年が明けてからだった。

「この一年ずうっと、不甲斐ない己に、鬱々としていました。ちょうどおまえたちと、同じようにね」

琴平家での仔細は告げず、萌は、増之介と角太郎に微笑んだ。

「でもね、鬱々とするのは、決して悪いことじゃない。それだけようく、己の先行きを考えている。その裏返しということだもの」

「……裏返し？」と、角太郎が合点のゆかぬ顔で仰ぐ。

「そうよ。いまの己自身にも、これからの先行きにも、得心がゆかぬからこそ色々と溜め込んでいるのでしょう？」

夫の昌光は、そのような矛盾を抱えてすらいなかった。自身の境遇をあたりまえと受け止めて、じたばたすることもない。

対して目の前のふたりは、夫とは真逆と言える。悩み、恐れ、もがき、始末の悪いことこの上ない。それでも萌は抱きしめてやりたいほどに、ふたりが愛おしくてならなかった。

「私はひとつ、思い違いをしておりました。嫁としての役目は果たせませんでしたが、私にはすでに、十四人もの子供がいます」

「子って……おれたちが？」

「先生の？」

「そうですよ。よく言うでしょ、師匠と弟子は親子同然と。筆子も同じなのですよ」

人は生きていく上で、幾人もの親に育てられる。この世に生を授けてくれた実の親。名を与えてくれた名付け親。さまざまな習い事の師匠や、職人の親方。武家や商家には主人や奥方がいて、養子先や嫁ぎ先には義理の親がいる。

手習師匠もまた、親のひとりであり、子供が自らの足で長い人生をはじめるための、礎を築く。人生を旅にたとえるなら、草鞋と編み笠を与え杖を授ける役目にある。

何年も手塩にかけて育み、ともに笑い、ときには叱り、悲しみを分かち合う。手こずらされることも多々あるが、互いに傷を増やすからこそ絆も深まる。

「増之介も角太郎も、すでに私の子供です。たとえ疎まれても、手放すつもりはありません。女に教わるのが嫌だと言われても、いまさら髭を生やすわけにもいきませんからね」

髭の萌でも想像したのか、ふたりがぷふっと吹き出した。

「そのかわり、悪態でも悪さでも、とことんつき合いましょう。こうなれば我慢くらべです。おまえたちが師と認めるまで、私は諦めませんからね。覚悟なさい」

「いったい、何の勝負だよ」と、増之介は呆れたが、

「でも、おれたち……美津先生に出入りを禁じられちまったし……」

角太郎が、思い出したように下を向く。いまさらながら事の深刻さに思い至ったようだ。

「母上は戒めのために、わざときつい言い方をなさいましたが、本当はおまえたちを放り出すおつもりなぞありません。親子の情を結ぶものは、血の絆だけではない……誰よりもそれを、よくご存じのお方ですから」

と、懐かしいにおいを思い出すように、萌はひと息おいてから、ふたりに言った。

「私が捨子であったことは、きいていますか?」

はっとして、ふたりが同時に顔を上げた。具合の悪そうな視線を交わし合い、

「前に、母ちゃんから……」と、もごもごと角太郎がこたえた。

「おれは、角からきいた」さらに小さな声で、増之介が続く。

町人・百姓を問わず、この近所の大人なら、誰もが知っている。ただ、武家までは噂が届いていなかったようだ。

萌は銀杏堂の前に、捨てられていた子供だった。

二十三年前、生後半年ほどの赤ん坊が、籠に寝かされて、門前の大銀杏の根方に置き去りにされていた。それが萌である。

二度の流産を経て、子を諦めていた母にとって、萌はまさに「授かりもの」だった。

目白不動に詣でた、その翌日であったから、お不動さまのご加護に違いないと、以来、前にも増して信心深くなり、目白不動はもちろん、近所の神社仏閣にもまめまめしく通うようになった——。父の承仙が、笑い話のように語ってくれた。

幼い時分には、捨子だの貰い子だのと囃し立てる悪童も中にはいたが、そのたびにお梶や米造が、拳をふり上げて追い払ってくれた。そんな次第があったからこそ、美津は厳しくしつけ、そのぶん承仙は大らかに育ててくれた。

父母の情が身にしみているからこそ、戻された自分が情けなくてならなかったが、承仙も美津も、温かく娘を迎えてくれた。柿沢の伯父だけは大いに憤慨していたが、姪に対してではなく、自分にひと言の断りもなく縁を切った琴平家に腹を立てていたようだ。

「私は、父上と母上から受けた恩を、お返しせねばなりません。ですが父上は、そう申し出た私に仰いました」

――私たちではなく、銀杏堂の子供たちに恩返しをしておやり。

萌がまだ、嫁に行く前の話だ。手習いを手伝いはじめた娘に、承仙は笑顔でこたえ、となりで美津もうなずいた。

「ですから、増之介と角太郎にも、私の恩返しにつき合うてもらいますよ。やんちゃで悪さばかりする子供たちと渡り合うのも、いわば恩返しですからね」

「ちぇ、勝手を言うない」

「女先生の恩返しにつき合う義理は、おれたちにはねえぞ」

ふたりがいつもの調子に返って、不満げにそっぽを向く。それでも、最前まで目の中にあった敵意とは、違うものが見てとれた。

子供は、大人の何倍も敏いものだ――。正面から受けとめようと、腹を据えた萌の覚悟は、ふたりにも伝わったのかもしれない。

「今日のところは痛み分けということで、母上に許していただくための、とっておきの秘策を授けましょう。それでどうです？」

悪くない案だったのだろう。ふたりが急いで目で話し合い、同時にうなずく。まったくこのふたりは、仲がいい。口許にのぼる笑いを堪えて、精一杯のしかつめ顔で告げた。

「では、まず大急ぎで昼餉を食べてきて、腹に力をためてから、こちらに戻って母上にお詫(わ)びなさい」

「なんだよ、秘策ってそれだけかよ」

「私は親ですからね。おまえたちの詫びにも、つき添いますよ」

「おれたちだけより、少しはましかもしれねえぞ」

背に腹は代えられないと、ふたりは承知して、そうと決まると一目散にそれぞれの家へと帰っていった。

奥へ行くと、美津は萌を待っていてくれたようだ。手つかずの膳(ぜん)を前に、姿勢を正して座っていた。

「あのふたりは、どうしました？」

「いったん家に帰しました。改めて母上に詫びたいと、申しております」

さようですか、とやはり何事もなかったような顔で箸(はし)をとる。椀(わん)に手を伸ばしかけた母をさえぎって、萌は畳に両手をついて頭を下げた。

「私も、お詫びいたします。長らく、ご心配をおかけしました」

「そう……」

静かに、用心深くついたため息の後に、きこえぬほどの声で、よかったわ、と呟いた。

「母上、今日の手習いを終えたら、お不動さまにお参りに出かけませんか」

長く昏(くら)い隧道(ずいどう)を、一年ぶりに抜けた心地がする。

さし向かう母の鬢(びん)にひと筋、白いほつれが見えた。

捨てる神　拾う神

闇の中で、ふいに猫の声がした。

ふと、そんな気がして目を覚ましたが、耳をすませても鳴声などせず、襖を隔てた母の寝間から、軽いいびきがきこえてくるだけだ。

気のせいか、と目を閉じてうつらうつらしていたが、今度は玄関を叩く大きな音でとび起きた。

「先生！　萌先生！　萌先生！」

障子の向こうは、うっすらと明るい。夜明けの一刻前、暁七つくらいだろうか。襦袢の上から慌てて半纏を羽織ったが、頭の中には夢の名残が綿のように詰まっている。馴染んだ声のはずなのに、その幼い声が誰のものか、思い出すのに暇がかかった。

紙が破れそうな勢いで叩かれていた玄関の障子戸を開けると、棒手振りの倅が立っていた。

「卯佐吉！　こんな早くにどうしたの？」

「萌先生、銀杏(いちょう)の木に！」

「うちの大銀杏が、どうかしたの？」

たしか昨夜は、大風も吹かなかったはずだがと、萌は首をかしげた。

「とにかく、大変なんだ！」

卯佐吉は萌の手を引っ張って、門の方へと急(せ)き立てる。門といっても町屋だから、枝折戸(しおりど)に小さな藁(わら)屋根を載せただけの、ごくささやかなものだ。もとは商家の隠居の住まいで、隠居が没してから、親しくしていた萌の父が借り受けた。

いまではすっかり町中になってしまったが、何十年か前までは、田んぼの中に家がぽつりぽつりと立つ田舎地(でんしゃち)だった。風流な侘(わ)び住まいと洒落(しゃれ)たものか、門はこぢんまりとした趣(おもむき)ながら、その脇に立つ銀杏の木が、どっしりと門前を守ってくれている。垣根に邪魔されて、上半分しか見えぬものの、特に変わったところはなさそうだ。

「先生、早く戸を開けて！」

見ると藁屋根を載せた枝折戸は、きちんと閉まっている。枝折戸の両脇からは、大人の背丈ほどの竹垣が巡らしてある。萌は、はたと気がついた。

「卯佐吉、まさか、垣根をとび越えてきたなんてことは……」

「違わい！　父ちゃんが抱き上げて、枝折戸と屋根のあいだからおれを入れてくれたんだ」

「お父さんも、一緒なの？」

「父ちゃんは番屋に知らせに行った。先に萌先生に伝えろって、父ちゃんが。番屋に走るなんて、一大事だろ！」

　卯佐吉の父親は魚売りで、早朝に江戸川河岸まで商いものを仕入れにいく。日本橋の魚河岸から神田川を経て、魚は川を遡るようにして運ばれてくる。河岸でのやりとりは活気があって男くさい。卯佐吉はこの光景を見るのが大好きで、父親にせがんでは連れていってもらうという。子供は足手まといになるだろうが、父親は子煩悩らしく、月に何度かは倅の手を引いて江戸川河岸へ向かう。

　子供の足に合わせてか、今朝はいつもより早めに家を出たが、銀杏堂の前に来ると、親子はびっくりして足を止めた。

「銀杏の木の下で、すんげえもんを見つけたんだ！　先に見つけたのは、おれなんだぜ」

　興奮しきった顔で、懸命に説明する。卯佐吉は、まだ六歳。今年から銀杏堂に通いはじめた。やんちゃが過ぎて落ち着きがないが、歳のわりにはしっかりしている。番屋に走るほどの事件に興奮しながらも、父親に託された役目を果たそうと、小さな拳でこの家の戸口を叩いたのだ。

萌を驚かせようという腹だろう。すんげえもんが何なのかは、卯佐吉は言おうとしない。それでも萌は、子供の頭に手を置いた。

「そうだったの。卯佐吉は、がんばってくれたのね」

へへ、と得意そうな顔をしながらも、気だけは急いているようだ。催促されるまま、内からかけた小さな閂を外して、外に出た。

あと幾日かで霜月となる。未だに葉をたっぷりと繁らせてはいたが、扇形の葉はやや色褪せて、いくら掃いてもすぐに地面が黄色く染まる。鮮やかな着物が落ちるのを惜しんでいるのか、大銀杏は少し寒そうに立っていた。

その根方に、ひと抱えほどの丸い籠が置いてある。中を覗き込んで、萌は声を失った。

籠の中に、粗末な布でくるまれたものが収められ、それがぱっちりと目を開けて、萌を見詰めていた。

「何てこと……赤ん坊じゃないの！」

あえぐように絞り出した声は、思いがけず大きい。声に驚いたのか、頼りないからだがびくりと震え、産毛（うぶげ）のような眉（まゆ）がみるみる下がる。顔がくしゃりとゆがみ、次いで火がついたように泣き出した。

「ああ、どうしましょう……驚かしてしまったのかしら」

「腹が減ってるだけかもしれねえぞ。ここにいつ置かれたかもわからねえし」

「そうね、そうかもしれないわね……でも赤ちゃんって、何を食べるのかしら？」

「赤ん坊には、お乳だろ？　しっかりしてくれよ、萌先生」

　六歳の子供に呆れられるほどに、萌は動顛（どうてん）していた。

「そう、そうよね、お乳よね！　お乳なら……そうだ、梶ちゃんがいるわ！　卯佐吉、煎餅長屋に行って、梶ちゃんを呼んできてちょうだい。入口障子に『米筆』と書いてある家よ」

「それはいいけどよ、萌先生。抱っこしてやった方が早くないか？　うちの弟もぴいぴいとよく泣くが、母ちゃんが抱いてやると泣きやむぞ」

　あつかいのさっぱりわからない萌に対し、乳呑児（ちのみご）の弟がいる卯佐吉の方がよほど慣れている。そろりと両手を伸ばし、古びた布ごと籠からそっともち上げて、胸に抱きとる。

思いがけないほどに、熱い重みだった。

赤ん坊を抱くのは、初めてではない。幼馴染み(おさな)のお梶のふたりの子や、近所の子供、かつて銀杏堂の筆子だった者たちが、赤子を連れて挨拶(あいさつ)に来たりもする。ただそれは、ほんの一時、抱かせてもらったに過ぎない。いわば借りものだ。けれど、この赤子を抱き上げたとき、これが命の重みなのだと、萌は唐突に悟った。

こんな場所に置き去りにされたのに、小さな熱いかたまりは、それでも懸命に生きようとしている。顔を真っ赤にして泣きじゃくる顔を見下ろして、萌の胸はいっぱいになった。

「先生、なにぼーっと突っ立ってんだよ。そんなんじゃ泣きやまねえぞ」

卯佐吉によくやられるのだが、腰の辺りを、ぽん、と叩かれて我に返った。

「こうやって、からだをゆさゆさしてやるんだよ」

言われたとおりに、自分のからだごと赤ん坊を揺する。少したつと、雄鶏(おんどり)よりもけたたましかった泣き声が収まってきて、うう、と猫に似た声をあげた。夜半にきいた声は、この子だったのかもしれない。またいつ泣き出すかわからない情けない顔ながら、懸命に堪(こら)えているように、口許(くちもと)をしわしわにして萌を見詰めている。

狂おしいほどの愛おしさが、萌の胸にあふれ出す。

ふとふり向くと、枝折戸の傍らに、母の美津の姿があった。


「ふむ、からだに疵はないようだな。で、女の子、と……」

赤子のからだを仔細に確かめてから、大家がさらさらと筆を走らせる。

まだ夜明け前であったから、自身番屋に詰めていたのは雇われ者の番衆だけだったが、番屋から知らせが行ったらしく、日が昇って早々に大家がやってきた。

自身番屋には、大家が交代で詰めるのが慣わしだ。ただし昨今は番衆に任せきりの手合が多く、日に何度か立ち寄るだけだ。銀杏堂にやってきたのは、今日の日番を務めるふたりの大家だった。

ひとりは米造とお梶夫婦の暮らす、煎餅長屋の大家で、近蔵という五十過ぎの男だ。もうひとりは萌にとっては初見の男で、小日向水道町の外れにある、生駒長屋の大家だと名乗った。

捨子を拾った折には、決まった手続きがある。まず性別や大まかな年齢を見定めて、からだに疵がないかどうか確かめる。さらには子供が身につけている着物や守袋、入れられていた籠や行李、ときには菓子や替えの着物、金子などが添えられていることもあり、いつ、どこで、誰が拾ったかといった仔細も、書付にして漏らさず記す。

籠は使い古されたもので、着物は身につけず、くるまれていた布も雑巾の一歩手前のような代物だった。金子はもちろん、守袋すらない。暮らしに詰まった貧しい親が捨てたのだろうと、ふたりの大家は判じた。

「やれやれ、捨子とは、また厄介な話だねえ」

生駒長屋の大家が、あからさまにため息をつく。その場にいる、美津と萌をはばかってのことだろう。煎餅長屋の近蔵が、よけいなことをと言うように、ちらとにらみつけた。

ともに家持名主に雇われた身だが、長く煎餅長屋にいる近蔵と違って、生駒長屋の大家は水道町に来て、まだ一年足らず。萌の事情については、何もきかされていなさそうだ。

「捨子は捨てられた町で、養わなければいけないからね。貰い乳だの里親探しだの、何かと手数がかかっちまうねえ」

御上がそのようにとり決めたのは、「生類憐みの令」がはじまりである。

悪名高い御法だが、憐れむべき生類の中に、捨子が入っていたことだけは幸いだった。当時は、捨子を拾った折には、必ず御上に届けよとの沙汰も下ったそうだが、おそらくあまりの多さに辟易したのか、いちいち届けるには及ばずとの触れが、追って出された。

ただし捨子についての決め事は、事細かに出され、違えれば処罰を受ける。拾った場所で養うようにとの達しもそのひとつで、だからこそ捨子は厄介者あつかいされる。生駒長屋の大家が、とりたてて薄情なわけではない。捨てられた場所が町や村の境であったために、どちらが引き受けるかで揉めることもあり、畑に近い大名屋敷で見つかったときには、大名家か村方かで悶着が起きたとの話も耳にした。

「養うのも手間だが、死なれでもしたら、それこそ大変だ。あつかいに粗相はなかったかと、町方から調べが入る。どっちにしても面倒には変わりない」

「ぼやいても仕方あるまい。そのぶん、筆の方を動かしな」

たまりかねて近蔵が口を出したが、大家さんが気に病むことはないと、萌は目で微笑んだ。何も知らぬもうひとりの大家は、すでに何度目かになるため息をつく。

「はてさて、いったい誰に預ければいいかねえ」

「ひとまず町内に知らせるのが先だろう。おっつけ養いたいという者が出てくるさ」

「養い親が見つかるまでは、どうするね？　預け先に、心当たりはありますか？」

近蔵も、とっさには思いつかぬようで、腕を組み、ううむと唸る。

「あの……養い親が見つかるまでは、うちで預からせてはもらえませんか」

深い考えなしに、するりと口を衝いた。母に相談もせずに、勝手なことを申し出てしまった。遅ればせながら、ちらと母を窺ったが、美津が何を言うより早く、生駒長屋の大家は苦笑を浮かべた。

「いくら子供が多いとはいえ、赤子となると、ちと無理がありましょう。お見受けしたところ女中もおらぬようですし、手習いのあいだはどうしなさる？　何よりもこの家には、赤子に乳を含ませる者がおりませんしな」

萌が出戻った経緯も、やはり近蔵は知っている。ずけずけとした物言いに、眉根のあたりを不快そうにしかめたが、相手の言い分にも理が通っている。

赤子の預け先で、何よりの大事とされるのは乳だった。乳の出の良い女子がいるか否か、いのいちばんに問われる。それだけ赤子の糧として、乳が重んじられていた。生後一年に満たない赤子はもとより、数え三、四歳はあたりまえ、六つになるまで母親が乳を与えていることも、めずらしくはない。その日暮らしの貧しい者は、乳より他に子を養う術がないからだ。

一切を承知の上で、なおも萌は粘った。

「四、五日なら、何とかなります。手習いのあいだは、お梶ちゃんのところで預かってもらって……」

「それなら最初から、米筆のおかみさんに、預かってもらう方が早いじゃないか」

すかさず返され、口をつぐむ。

「だいたい、昼はいいとして、夜はどうするね？　赤子ってもんは、一刻半おきに乳を欲しがるものなんだよ」

大家の言うとおりだ。浅はかな申し出だと、萌にもよくわかっていた。それでも萌は、この子を少しでも長く、手許に置いておきたかった。

赤ん坊は小布団に寝かされて、萌のとなりで小さな拳をふっている。卯佐吉の知らせで、お梶はすぐにとんできてくれた。たっぷりと乳を含ませて、おしめも持参して手早くとり替えてくれた。よほど気持ちよかったのか、ふたりの大家が来るまでは、健やかな寝息を立てていた。

あれから、すでに一刻半は経とう。そろそろまた、お乳をあげる頃合だろうか――。ぼんやりと、そんなことを考えた。

「ともかく乳がないんじゃ、こちらさんには預けようがない。まあ、せっかくだから、ひとまず米筆で預かってもらうってことで……」

大家が問答をまとめにかかったとき、襖の向こうから大きな声が申し出た。

「乳なら、ここにあるぞ！」

ふり返った襖には隙間ができていて、萌が立って開けてみると、十人ほどの子供たちが折り重なるように団子になっていた。いつからいたものか、襖に耳を立てて、中を覗いていたようだ。

先刻から、子供たちの声や足音は耳に届いていた。手習いをはじめる刻限だと、頭の隅でわかってはいたのだが、畳に脛が張りついたように、赤ん坊から離れることをからだの方が拒んでいた。

「おまえたち、行儀が悪いですよ。立ち聞きとは何事ですか」

すかさず美津から叱責がとび、そろって首をすくめたが、いちばん前にいた卯佐吉は、大事そうに抱えていたものを萌にさし出した。

「これ、母ちゃんがもっていけって。きれいな布で口に含ませてやればいいって」

卯佐吉が見せたのは、紙の蓋をかぶせた木椀だった。蓋をとると、椀に半分ほど、真っ白い乳が入っていた。

「まあ、卯佐吉……お母さんが、搾ってくださったの？」

「うん。うちの母ちゃん、とにかく乳の出がよくて、弟だけじゃ飲みきれねんだ。役に立つかもしれねえから、もっていけって。何ならここに来て、赤さんに飲ませてもいいって」

卯佐吉の父親は、番衆を連れて銀杏堂に戻ってきたが、仔細の聞き取りなどに手間取って、仕入れに向かうのがいつもより遅くなった。連れていくのはまた今度だと倅に告げて、河岸へと急いだ。卯佐吉にも否やはなく、赤子のことで頭がいっぱいだったのだろう。しばらくは傍に張りついていたが、赤ん坊がお梶の乳を呑んで眠ってしまうと、自分も腹が減ったと気づいたらしく、朝餉をとるためにいったん家に帰っていった。

「ありがとう、助かるわ。お母さんにも、よくよくお礼を言ってね」

萌に向かって、へへ、と嬉しそうに照れ笑いをする。他の子供たちにはうらやましく見えたのか、たちまちいくつもの声が重なる。

「うちの母ちゃんも、お乳出るぞ！」

「あたしの母さんだって……いまは弟ふたりが飲んでるけど」

「うちは母さんの代わりに、乳母がお乳をあげているんだ」

「いっそみんなで、もちまわりにしようぜ」

そんな案までとび出してきて、思わず胸が熱くなった。誰もが赤ん坊のために、ひいては萌のために、自分たちができることを一生懸命に考えている。ぱんぱん、と美津が手を打って、騒ぎを鎮めた。

「皆の気持ちはありがたいけれど、毎日お乳の味が変わっては、赤ん坊がびっくりしてしまいますよ」

「お乳に味なんてあるの？」

「おれ、舐めてみたけど、何の味もしなかったぞ」

「たしかに、私たちには判じられませんが、乳が代わると飲まない例もあるようですよ。赤ん坊には味や匂いがわかるのかもしれません」

萌にとっても初耳で、つい子供たちと一緒に感心する。

「さ、おまえたちは席に着いて、仕度をなさい。まもなく手習いをはじめますよ」

美津の声に、はあいと返事して、子供たちはその場を退散した。子供の相手をしている間に、近蔵が手早く話をまとめたようだ。生駒長屋の大家が、先に腰を上げた。残った近蔵が、仔細を告げる。

「ひとまず建前上は、うちの長屋で預かることにしたよ。お梶の他にも、乳呑児を抱えた者が二、三人いるからね。何とかなるだろうが……本当に銀杏堂で、世話をするつもりかい？」

萌は近蔵にうなずいて、改めて母に向き直った。

「母上、お願いします。養い親が見つかるまで、私にこの子の世話をさせてください」

深々と頭を下げたが、美津からは何も返らない。やはり駄目だろうかと、そろりと頭を上げると、母の顔には、滅多に見せない奇妙な表情が浮いていた。

騒ぎをきいて門前に出てきたときも、赤子を抱く萌をながめ、美津は同じような目をしていた。

遠い記憶を、ゆっくりと手繰(たぐ)っていくような懐(なつ)かしさと、どこか切なさに似たものも、かすかに混じっていた。気づけば傍らの近蔵も、よく似た風情(ふぜい)の微笑を浮かべている。

「それにしても、懐かしいなあ……美津先生が、萌ちゃんの世話を買って出たときも、ちょうどこんな風でな」

近蔵は、夫婦が銀杏堂を開いて間もないころ、煎餅長屋にやってきた。当時は女房と、娘や息子もいたのだが、子供たちはそれぞれ身を固め、数年前に連れ合いも亡くして、いまはひとり暮らしだった。嶋村家とのつき合いだけは、昔もいまも変わらず、萌のこともたいそう可愛(かわい)がってくれた。

萌の経緯をすべて了見したうえで、誰より身近で見守ってくれたのが近蔵だった。

「まさか二十三年も経てから、同じことが起こるなんてねえ。何やら不思議な心持ちがするよ。神仏のお導きかねえ」

「そうかも、しれませんね」

萌を授けてもらったと、目白不動を深く信心している母も、静かにうなずいた。

「では、母上……」

「ひととき、預かるのは構いませんよ。ですが、萌」

と、娘にひたと目を据える。苦しみを思わせる色が、淡く浮かんでいた。

「いずれは養い親に、渡さねばなりません。そのことは、わかっていますね？」

ぐっと胸に込み上げたものを呑み込んで、萌はうなずいた。

本当は、自らで育てたいと、萌の魂は切望していた。けれども、それはかなわない。両親と違って、萌には夫がいない。萌が無理を通せば、この子は父なし子になってしまう。

あまり情を移しては、別れるときに萌が辛くなると、美津は戒めているのだった。覚悟の上で、萌はもう一度、ふたりに頭を下げた。

「すべて承知しております。どうかこの度だけは、萌のわがままを通させてください」

わかりました、と美津はこたえた。近蔵が暇を告げたとき、そろそろお腹がすいてきたのか、赤ん坊がむずかり出した。

すでに手習いをはじめる刻限は過ぎていたが、先に乳を与えねばならない。ふええ、ふええ、と催促されるだけで、子育てのいろはを知らぬ萌は、にわかに慌てた。

「母上、これを与えてみても、よろしいですか？」

先ほど卯佐吉から渡された椀を示すと、母はうなずいて、箪笥からきれいなさらしをとり出して、鼻紙ほどに裂いた。

「人差し指に巻いて、先を少し長めにしてごらんなさい。その方がよく乳を含むし、赤子も飲みやすいでしょう」

言われたとおりに右の人差し指に白布を巻いて、椀に浸す。左腕に赤子を抱え、小さな口に、そっと指を含ませた。びっくりするほどの勢いで、吸いついてくる。ちゅうちゅうと、音を立てて吸いついていたが、母親の乳房と違って、すぐに乳の出が悪くなる。まだ歯が生えていないのが幸いし、口から指を抜いては、また椀に浸すという作業を何度もくり返す。赤ん坊にとっても不本意らしく、時折、抗議するように腕をふったり、からだをのけぞらせたりとじたばたしていたが、どうにか椀の中身は腹に収まった。

椀の半分ほどが空いたころ、米造とお梶の夫婦がやってきた。

「あらまあ、ちょいと遅かったみたいね」

「気にしてくれて、ありがとう、梶ちゃん」

「いやね、改まって。萌ちゃんとあたしの仲じゃないの」

お梶や米造とは、ごく幼いころからのつき合いだ。舌のまわらない時分は、お萌と呼ぶのが難しく、互いにちゃんづけする呼び名が定着した。先刻はお梶がひとりで来たが、話をきいて米造も赤子を拝(おが)みに来たのだろう。

「へえ、面白いことをしているな」

布を巻いた指に吸いつくさまを、愉快そうにながめている。

「大家の近蔵さんからきいたわ。昼間はうちで預かるから任せて」

お梶は頼もしく請(う)け合って、赤ん坊を抱き上げた。腹がくちくなって、眠くなってきたのだろう。赤子はお梶の腕の中で、ほわ、とあくびをした。

お梶に預けてからも赤子のことが頭から離れず、その日の手習いでは、しこたま粗相をやらかした。

「萌先生、そこは三日前に終わったところだぞ」

「ったく、赤ん坊のせいで気もそぞろだな。そんなんじゃまた、女先生に格下げするぞ」

増之介と角太郎に憎まれ口を叩かれても、返す言葉もない。

春本騒ぎから、二十日ばかりが過ぎた。あれ以降、少しは反省したのか、萌の呼び名は女先生から萌先生に格上げされた。ただし生意気盛りのふたりが、そうやすやすと態度を改めるわけもなく、相変わらず文句や野次は多かったが、このままでは何年経っても下山に至らないと、こんこんと美津に説教されたのが応えたのか、以前よりは身を入れて勉学に励むようになった。

いまここで、気を抜くわけにはいかない。しかし乳呑児の世話は、萌の予想をはるかに上回っていた。

「梶ちゃんや近所のおかみさんから話をきいて、覚悟はしていたつもりなのよ。なのにその何十倍も、ずっとずっと大変なのね」

よくふたりも子を育てているものだと、お梶に向かってひたすら感心する。

「眠る暇はないし、抱えたり背負ったりで腰は痛いし、うんちは臭いし洗濯は引きもきらないし。我ながらよくやっているものだと、呆れる思いがするわ」

愚痴をならべながらも、お梶の口調はからりとして逞しい。

「子育てとなると、男はまったく当てにできないし。子供が夜泣きしても、ぴくりともせずに大鼾よ。あれには本当に頭にくるわね」

腹立ちまぎれに頭を蹴ったことも一度や二度ではないと、鼻息を荒くする。

「それでも今度ばかりは、うちの人も少しは役に立ったみたいね」

「ええ、大助かりよ。米ちゃんが器用なのは知っていたけれど、こんなものまで手早く拵えてくれるなんてびっくりだわ」

筆職人の米造は、さらし布で乳を与えるようすを見て、閃いたようだ。短めの竹筒の一端に穴をあけ、綿を細長くした芯を詰めた。先を丸めてさらしをかぶせ、糸できつくしばり、ちょうど母親の乳首と同じくらいの大きさに加減する。反対側にあけた穴から竹筒に乳を流し込み、乳首を含ませて筒を傾けると、お腹いっぱいになるまでいくらでも飲むことができるという代物だ。一回ごとに竹筒をよくすすぎ、綿とさらしは新しいものにとり替える。そのやり方も、合わせて伝授してくれた。

おかげで夜も赤子を手許において、貰い乳を与えることができるようになった。

ただそのために、一刻半に一度は起きなければならず、ろくに眠れないぶん昼間の睡魔は尋常ではない。あくびを堪えながら、どうにかもちこたえているのは、となり座敷に美津が控えているからだ。

にわか母親の萌では、何かと危なっかしい。抱き方がまずいとか、教えの面では口を出すものの、赤子の世話については一切関わろうとしなかった。

言い出した以上は、務めを果たすようにとの、無言の戒めなのだろう。

「それでもどうにかこなしていけるのは、やっぱり可愛いからよね」

「とどのつまりは、それに尽きるわね」

互いの腕の中で、気持ちよさそうに収まっている赤ん坊の姿に、ふたりは目を細めた。

赤子の引き取り先が決まったのは、捨てられた日から五日後のことだった。

「小日向村で百姓（ひゃくしょう）をしとります、種介（たねすけ）と申しやす」

その身なりの貧しさに、まず萌は目を見張った。

となりには、生駒長屋の大家がにこにこ顔で立っている。この辺り一帯の名主や大家に頼み、養い親を募（つの）ったところ、速（すみ）やかに名乗り出る者がいた。父祖の代から小日向村で百姓をしており、身元は確かだと手柄顔で告げる。

小日向の町内は町奉行の支配にあったが、いまも西側には広く田畑が残っており、その辺りは昔ながらに村方が差配して、小日向村と呼んでいた。

　ひとまず家に上げ、話をきいて二度びっくりする。

「種介さんには、すでに五人ものお子さんがいるのですか！」

「へえ、さいでやす」

「なのにどうして、わざわざ養い親なぞに……」

「うちは百姓でやすから、働き手はいくらあっても困りはしやせん」

　男ならともかく、百姓が女手を欲しがるものだろうか――？　訝しさがそのまま顔に出てしまったのか、種介が慌てぎみに言い訳する。

「あっしも嬶も、とにかく子供が大好きで、十人だって欲しいところだと兼々話しておりやしたんで。五人のうち上の三人は乳離れしとりやすし、ふたりにあげてもまだ余るほどに乳は豊かなんでさ。養い親になる上は、実の子と同じに大切に育てやすし、もちろん身売りなんぞの不届きは、決していたしやせん」

「その辺は、ちゃあんと証文も入れさせるし、間違いはねえわさ。いやこれで、八方丸く収まるってものだ。あたしも枕を高くして眠れるよ」

　ようやく厄介払いができたと、大家があけすけに相好を崩す。けれども萌は、どうしても納得がいかなかった。話をきけばきくほど、不安ばかりが募ってくる。

頼みの美津は、あいにくと不在だった。昼からの行儀指南を休みにして、美津の実家である柿沢の屋敷に出かけていた。ここへ来しな、煎餅長屋に寄ってみたが、近蔵もやはり他出していたと生駒長屋の大家が告げる。

萌はたったひとりで、この窮地に立ち向かわねばならない。

「証文や人別帳なぞの手間は、あたしの方で引き受ける。赤子を種介さんに渡してくれれば、こちらの手間はお仕舞いだ」

さっさと片付けたいと、大家が暗に催促する。思わず赤ん坊を抱いた腕に、力が籠もる。

あー、と腕の中から、萌を呼ぶ声がした。

目を合わせると、ふくよかな頰が笑みくずれ、うきゃっと嬉しそうな声を立てる。

たった五日で、萌の顔と声を、においを腕の感触を、からだ中で覚えてくれた。萌に抱かれるたびに、よく笑うようになった。

いまは、手放せない――。少なくとも、胸にわいた不安が消えるまでは、この子を渡してはならない――。萌は決心し、顔を上げた。

「お願いです。もう二、三日……いえ、一日だけでも構いません。この子を私どもの手許に置かせてください」

「いや、先生、そういうわけには……」

「どうかこのとおり、後生です。あと一日だけ、この子と一緒に居させてください！」

大家と種介に向かって、萌は懸命に頭を下げた。

大家は渋り、養い親はひどくとまどっていたが、萌は梃でも考えを曲げず、結局は粘り勝ちとなった。

「それじゃあ、明日また来るからね。こんな無駄足は、一度っきりにしておくれよ」

不愉快を満面にして、大家は種介を連れて帰っていった。

座敷に戻ると、切れんばかりに張り詰めていた気が、ひと息にゆるんだ。ぺたりと畳に尻を落としたまま、しばし動けなかった。

あぁう、とふたたび呼ばれた気がした。無垢な瞳が、じっと萌を見詰めていた。

「そう……養い親が見つかったの」

半刻ほどして帰ってきた美津に、萌は仔細を明かした。

「身なりから察するに、おそらくは小作か水呑(みずのみ)……村方の内でも、ことに貧しい暮らしかと思われます。分けへだてはいけないと存じてはおりますが……本当にこの子を託してよいものかと……」

いましがた乳をあてがわれた赤子は、小布団に仰向(あおむ)けになり、よく眠っていた。その顔をながめ、美津はぽつりと言った。

「捨てる者も拾う者も、ともに貧しき者なり」

「何ですか、それは？」

「いつか、さる寺のご住職が、申されておりました。その寺の境内(けいだい)には、年に何人も子捨てがありましてね。飢饉(ききん)の折ともなれば、さらに何倍にも増えるそうです。それでもご住職は、捨てた親を責める気にはなれないと仰(おっしゃ)いました」

子を捨てるのは、大方は貧しき者たちだ。このままでは、親子ともども死んでしまう。双方が生き永(なが)らえる手段のひとつとして、子捨てをえらんだ。子を手放すことによって、少なくとも親は生き延びられる。

「そんな……産んでおいて捨てるなんて、あまりに身勝手です！　このようにか弱きものを放り出すなど、人として親として、決して犯してはならぬ罪です。私はそう思います」

捨てられた子は、よほど運に恵まれない限り、安穏とした人生は歩めまい。養い親に疎まれたりこき使われたり、死んだ方がましだと思える辛苦を味わう。仮に衣食が足りたとしても、自分を捨てた親を生涯怨み続けるかもしれない。子には何の非もないというのに、親の罪業を一生背負わされることになる。そんな理不尽があるものか——。

「おまえも、生みの親を憎んでいるのですか？」

ふいに問われて、面食らった。幼いころは、悪童たちに捨子だと囃されるたびに悲しくなって、捨てた親を恨んだりもした。いったい、どんな人なのだろうと思い描いてみたりもした。けれども長じるにつれて、生みの親の残影は、霞のように頼りなくなった。

「私は、憎むほどには執着はありません」

「それならよろしい」

かしこまって、美津が応じる。

おかしな話だ――。これほど恵まれた捨子はあるまいと、己の運の良さを、萌は絶えず感謝してきた。実の親への恨みが薄いのも、それ故だと理解してもいた。なのにこの赤子を捨てた親には、純粋な憤りがわいてきて仕方がない。

もしかすると、この母も、そうだったのだろうか――。

目白不動をはじめとする神仏を信心したのは、感謝の念ばかりでなく、子のためなら夜叉にも鬼にもなりそうな自身を、抑えんがためだったのか――。

顔のしわすらぴしりと引き締まった横顔からは、量りようがなかったが、いつかきいてみようかと、そんな気持ちも芽生えた。

「捨てた親には、もうひとつ別の道もあったのです。子を殺して、自身だけを救うという手立てです」

「そんな！　それこそ理不尽な……」

「田舎では、未だに多いそうですよ。赤子であれば、お役人もあえて罪には問わず、見て見ぬふりをすることも少なくないと」

子殺しすらまかり通るほどの貧しさが、この世には在る。それにくらべれば、捨子にはまだしも慈悲の心が残っている――。美津は住職の言葉を、娘に伝えた。

物持ちの屋敷の前、人通りのある往来、どこよりも寺社の境内には捨子が多い。いずれも、子に生きてほしいと願えばこそ、人の目に触れやすい場所をえらび、あるいは育ててくれると見越して、他人の手に子を託す。その証(あかし)が、守袋や文(ふみ)である。

大方の捨子には、生まれた日と名を記した書付と、へその緒(お)や産髪(うぶがみ)を入れた守袋が添えられている。また、わけあって手放したが身元は確かな子供だとか、どうかこの子をお頼み申しますとつづられた文も多かった。

「ですが皮肉なことに、養い親に名乗り出る者もまた、貧しい者が多いそうです」

「まことですか？　何故、そのような……」

「養い親には、相応の礼金が下りるでしょう？」

あ、と思わず、口をあけた。捨てられた場所によって、寺社や町方・村方、あるいは大名家から、養い親には礼金が支払われる。

実を言えば、数日預かっただけでも、一日あたり一貫文(かんもん)、すなわち銭(ぜに)千文が払われる。嶋村家にも五日分、五千文が給されるときいており、萌はお梶ら貰い乳をした母親たちに配るつもりでいた。また、捨子を見つけた卯佐吉の父親にも、わずかだが褒美代わりの手間賃が渡されていた。

養い親となれば、おそらくは三両ほどは下されるはずだ。極貧の者にとっては大金で、礼金目当てに親を買って出る者がいてもおかしくはない。

「捨てる者も拾う者も、ともに貧しき者なりとは、そういうことです」

「種介さんも、やはり同じでしょうか……」

「半分は、そうでしょうね。ですが話をきく限り、悪人というわけでもなさそうです。同じ小日向で養う以上、世話人の大家さんの目もありますからね」

それでもやはり、この子のために、ふさわしい預け先とは思えない。

養子をとるなど、独り身の萌には過ぎた望みだ。伴侶もなく、乳すら与えられぬ母親など、子供のためにはならないと、心が怯んでいた。

嫁いで三年経っても、子を授からなかった。女としてのあたりまえの役目すら果たせない。子を生せぬ女子に値はない——。自尊の心は粉微塵に踏み砕かれて、不出来な品を突っ返すように実家に戻された。

そんな己には育てられない、子をもつ立場にはないと自身に言い訳してきたが、本当は世間の目が怖かっただけかもしれない。生駒長屋の大家のように世のあたりまえを押しつけてきて、つまずきがあれば、ほれ見たことかと揚げ足をとる。冷たい好奇にさらされることが、ただ恐ろしかったのだ。

けれどいまは、雄々しいほどの勇気が、沸々と湧いてくる。

何物にも屈せず、自分を育てあげてくれた手本なら、目の前にある。二十三年前の美津の気持ちが、いまの萌には手にとるようにわかった。

萌は小さなからだを、小布団の上からそっと抱き上げた。

切ないほどのこの思いは、単なる感傷ではない。萌の中に初めて萌した、ほとばしるような母性だった。

どこの誰よりも、この子を愛しく思い、必要としているのは萌自身だ。

その自信は、もはや止めようがない。

「母上、この子は私が育てます。この嶋村の家の養女とします」

お願いではない、もはや宣言だった。

「たいそうな覚悟だこと。ですが、この子は見たところ、生まれて半年ほど。少なくともあと半年は、お乳は欠かせません。そのあいだずっと、貰い乳をするつもりですか？　この子がそれで、健やかに育つと思うのですか？」

畳に目を落とし、萌はじっと考え込んだ。

「では、半年のあいだ、乳母を雇います」

ただでさえ筆子の数が減って、余分な金などどこにもない。承知してはいたが、それより他にやりようがなかった。

「そんな蓄えが、どこにあるというの？」

「私の着物や道具、一切を質に入れて賄います。それでも足りなければ、借金をしてでも……」

くっ、と美津が、喉の奥で声を立てた。袖で口をおおい、肩をふるわせる。美津がこんなふうに笑うなど、何年ぶりのことだろう。

「母上、何がそんなにおかしいのですか。私は、真剣に申し上げておりますのに」

「だってあなた、私が思い描いたとおり、そのままの台詞を語るのですもの」

「描いた、とおり？」

「ええ、おまえならきっと、その子を手許に置きたいと願い出て、私が良い顔をしなければ、こんなふうに抗うでしょうねと、近蔵さんに話していたの。まったくの見当どおりになるなんて、おまえも芸のない」

「母上、それはあんまりでございます」

いささかむっつりと、母に返す。笑いを止めた後に、美津の頬に穏やかな微笑がゆっくりと立ち上った。美津の腹が、読めたように思えた。

「母上は私より早く、私の気持ちを察しておられたのですね。いったい、いつごろから？」

「門前で、赤ん坊を抱いていたでしょう？　あのときにわかりました。萌を授かったときの私と、まったく同じでしたから」

あのときの美津の顔を、萌は覚えている。母がついぞ見せたことのない何とも不思議な面持ちで、そして、この上なく優しかった。

そんなものは夢幻だと払うように、てきぱきと美津は告げた。

「こうなると見越して、手は打っておきました。近蔵さんには乳母を探してもらって、お金についても、おまえが心配するにはおよびません」

母が懐から、袱紗包みをとり出した。

「もしや母上……柿沢の家には、借金を頼みに行かれたのですか？」

「我が家には売るほどの道具もないし、高利貸しに頼るよりはよほどましですよ」

萌の仰々しいお礼の言葉を、適度にさえぎって、美津は思い出したようにたずねた。

「そういえば、名を付けねばなりませんね。やはりどなたかに名付け親になっていただくのがよろしいのですが」

「実は私に、ひとつ心当てがあるのですが……」

人前では口にしなかったが、赤子とふたりきりの折には、その名で呼んでいたと萌が白状する。

「母上から一字いただいて、美弥(みや)、ではいかがでしょうか」

美しいに弥生(やよい)の弥だと、右手で畳に書いて示した。

「みや、ですか……悪くはありませんが、何だか猫の鳴声のようね」

そんなつもりで名付けたわけではないのに、奇妙な符合に唇がほころんだ。

あの日、闇の中で萌を呼んだのは、猫ではなく美弥だった。

目を覚ました赤ん坊に、やさしく語りかける。

「美弥、今日から私たちが、あなたの母さまと婆(ばば)さまですよ」

「その呼び方は、まだ慣れませんね」

小さな拳をふり上げて、ああう、と美弥はやはり猫に似た声をあげた。

吞んべ師匠

「かわいい、かわいい、いい子ちゃんでしゅね」

額同士をくっつけて、いやいやをするように首をふる。大写しになる顔が面白いのか、美弥はこの遊びが大好きで、きゃっきゃっと喉から高い声があがる。

「そろそろ子供たちが、昼餉から戻るころですよ。くれぐれもその赤ん坊言葉は、きかせないよう気をおつけなさい」

「もちろんです、母上。心得ております」

しまりのない笑顔で応じると、かえって母が心配そうな顔をする。慌てて頬のあたりを引き締めた。

「子供たちに侮られては、手習師匠は務まらないと、私も肝に銘じております。師はあくまで、弟子の範であらねばなりませんから」

「わかっているなら、よろしい」

いかめしくうなずいて、母の美津は先に座敷を出ていった。

「私にとって、誰よりも厳しい師は母上だわ」

わざと小さなため息をつくと、傍らにいる乳母が笑う。萌が名残り惜し気にからだから離した赤子を、慣れた手つきで抱きとった。

「私にとっては、お美津さまは恩人です。前の奉公先で暇を出された私を、拾ってくださいましたから」

お里はひと月前、美弥の乳母として嶋村家に入った。歳は二十二。萌よりもふたつ下になるのだが、物腰が落ち着いているせいか、ともすれば萌よりもよほどしっかりして見えた。よけいな口をたたかず、美弥の世話はきちんとこなしてくれる。

「それならお里さんは、私の恩人よ。あなたが来てくれたおかげで、どんなに心強いか」

銀杏堂の前に捨てられていた美弥を拾ったのは、ひと月と少し前。ほんの数日、一緒にいただけで手放せなくなり、この子を育てようと一大決心はしたものの、にわか母親たる萌にはわからないことだらけだ。美弥が泣くたびに一々あたふたし、便が昨日より柔らかいだけで不安になる。

お里はそんな萌の杞憂を、ひとつひとつ払ってくれた。元気な泣き声は健やかさの証しでもあり、美弥は他所の赤ん坊にくらべれば決して疳の虫は強くないとか、大人と同じに、たまには下痢や便秘になることもあるとか。お里が控えめに説くたびに、蚊柱の中に頭を突っ込んでいるような、数ばかりが煩わしいほどに多い萌の不安も、少しずつ和らいでいく。

「そう言っていただけると、奉公のし甲斐があります。前の家では、お気に召していただけませんでしたから」

「お里さんのように不足のない乳母に、いったいどんな不満があったのか、さっぱりわからないわ」

「私はお愛想も言えませんし……何よりも、あちらの親御さまの育てように得心がいかなくて、差し出口を利いてしまいました。嫌われても仕方ありません」

お里は二年前、女の子を死産した。子は生まれることがかなわなかったが、それでもお乳は張る。乳母を探していた大きな商家に、四年の年季で雇われた。裕福な武家や商家では、母親の乳の出にかかわらず、乳母をつけることが多かった。

富裕な商家にくらべれば、嶋村家が出す手当は決して十分な額ではなかろうが、お里はそれについては一言も文句を言わない。自身が世話する子供が、年を追うごとに横柄になっていくことの方が、お里にはよほど悲しかったようだ。

跡取りであった商家の長男は、周囲からひたすら甘やかされるばかりで、菓子をたんと与え過ぎるために食は進まず、まだ数え四つだというのに、使用人のあつかいも目に見えて乱暴になる。女中や手代が青たんを拵えるほどに棒で殴られることすらあり、これでは後々、坊ちゃまのためにならないと、お里は遠回しに意見したが、主人夫婦の癇に障ったようだ。年季半ばの、二年で暇を出された。

「それではまるで、『小児養育気質』のようね。子を甘やかすあまり、賢い乳母を遠ざけて、怠け者で口ばかり上手い乳母が、重宝される話が載っていたわ」

『小児養育気質』は、子育ての話ばかりを集めた浮世草紙で、作者が上方の人だけに、主に京坂の町屋を舞台にしている。娯楽のための読み物だけに誇張が過ぎるきらいはあるものの、さもありなんと、ついうなずいてしまいそうになる。

物語ばかりでなく、いわゆる育児書と呼べる書物も存外数が多く、その大方が、「とかく甘やかし過ぎてはいけない」と、くり返し語っているところを見ると、それだけ愚かな親が多いということだろう。

「でも、こうして美弥をながめていると、愚かになってしまう親心もわかるような気がするわ。益軒先生には、きっと大目玉をくらいそうだけど」

「さようですね」と、お里もくすりと笑う。

もっとも広く読み継がれている育児書は、貝原益軒の『和俗童子訓』であろう。『養生訓』はあまりにも有名だが、いわゆる教育論たる『和俗童子訓』も、下々にまであまねく知られている。

ただ、内容があまりに厳しく、まさに教育ばかりに重きを置いて、親子の情は軽んじられている。益軒に言わせれば、女や無学の者は、とかく姑息の愛に陥りやすいという。姑息とはその場凌ぎの意味で、たとえば泣きわめく子を黙らせるために菓子を与えるなどが良い例だ。これをくり返すうち、騒げば菓子が与えられることを覚え、子供のためにならないと戒めていた。

「とはいえ、泣く子を黙らせるのに、他にどんなやりようがあるというのかしら。益軒先生のやり方は、理が勝っていて実からは外れているように思えるわ」

手習所の師匠であるから、参考のために育児書のたぐいはひととおり修めている。かねがね益軒の主張には賛同しかねるものがあったが、美弥を得てからは、ますますその思いが強くなった。

「こんなに可愛いものを、無闇に可愛がるなという方が、無理な話ではなくて?」

「乳母にとっても、いとさまですからね」と、お里も微笑む。

いとさまとは、愛(いと)おしいからくる呼び名であり、使用人、中でも乳母が、主人の子供に対してよく使う。

しつけと情の板挟みになりながら、確たるこたえが出せぬまま、手探(てさぐ)りで子を育(はぐく)むのが親というものかもしれない——。

　そんなこたえに辿(たど)りついたとき、昼餉を終えた子供たちの声が、玄関ににぎやかに満ちた。

　本音を言えば、一日中でも美弥をながめていたいところだが、そろそろ教場に行かなくてはならない。お里に後を任せ、名残り惜しげに畳に張りついた尻を無理やりもち上げた。

　とたんに冬の冷気が、足許(あしもと)から忍び寄る。

「おお、寒い！　師走(しわす)に入るとさすがに冷えるわね」

「いとさまの綿入れを、もう一枚増やしましょうか？」

「そうね……いえ、やめておいた方がいいかしら……温め過ぎては丈夫な子に育たないと、益軒先生も仰(おっしゃ)っていたし」

　たっぷり百数えるほど考えて、結局綿入れを一枚重ねて萌は部屋を出た。

「伊三太(いさた)、どうしたの？ 何か心配事でもあって？」

十一歳の少年は、師の声に顔を上げた。

賢そうな瞳が萌を見返し、何か言いたそうに一瞬揺らめいたが、すぐに視線は下に落ちた。

「いえ、お師匠さま……何も……」

『上総屋(かずさや)』は、樽(たる)問屋と味噌(みそ)問屋、両替商も兼ねている。小日向では、ひときわ大きな商家であり、伊三太はその跡取り息子である。上総屋ほどの構えなら、家に師範を招くこともできるだろうが、萌の父の嶋村承仙と上総屋の先々代、つまりは伊三太の祖父が昵懇(じっこん)の間柄であったことから、五歳のときから銀杏堂に通っている。

家のしつけと、生まれもった性分(しょうぶん)もあるのだろう。まじめで行儀がよく、何より学問にかけては抜きん出ている。まったく非の打ちどころのない子供だが、近頃どういうわけか元気がない。萌も少し前から伊三太を気にしていた。

「もしや下山(げさん)の折の、浚(さらい)を案じているの？」

浚とは、いわば試験のことだ。月に一度、小浚(こさらい)が行われ、大浚(おおさらい)は年に一度、大方の塾では十一月に納められる。

伊三太は来春、二月いっぱいで、下山の運びとなっている。二月末の小浚は、伊三太にとっては手習い納めの試験にもあたるのだが、ひときわ優秀な伊三太なら何の心配もない。読み書きも達者だが、ことに算術に優れていて、父親の上総屋の主人もたいそう喜んでいた。

「算盤に長けているのは商家にとっては何よりですし、両替商を営む身ならなおさらです。年明けからは番頭をつけて、さっそく両替商いを仕込むつもりでおります」

先日、歳暮を届けにきた伊三太の父親は、上機嫌でそんな話をしていった。

「心配はいらないわ。伊三太なら間違いなく、良い出来栄えを納められるわ」

「ありがとうございます」

行儀よくこたえたものの、やはりどことなく表情は冴えない。じっくりと話をききたいところだが、騒々しさに溢れたこの座敷ではできそうにない。手習いが終わってからたずねてみようと、ひとまずは他の子供の教えに移ったが、まもなく珍客が現れた。

「ごめん、邪魔をするぞ」

がった。

「あ、のんべ先生だ！」

玄関から訪う声が届いたとたん、ひとりが叫び、わっと子供たちから歓声が上がった。

「まだ手習いは終わっていませんよ。静かになさい」

萌はひとまず止めたが、無駄だとわかっている。たちまち五、六人の子供たちが部屋をとび出して、廊下を歩いてきた男に、わらわらと群がる。

「のんべ先生、今日も呑んでるのか？」

「おう、あたりまえよ。おれから酒をとったら、何も残らんからな」

「どのくらい、呑んだの？」

「ここに来る前に、四斗樽を三杯引っかけてきた」

「嘘だあ。そんなに呑めるもんか」

構うのは、小さい子供たちばかりに限らない。

「呑みたくとも、呑めねんだよな。金がねえから」

「四斗樽どころか、貧乏徳利すらままならねえもんな」

銀杏堂一の悪童たる、増之介や角太郎さえ、憎まれ口とはいえ親しげに声をかける。

「なんだ、よくわかっているじゃないか。貧乏師匠の辛いところでな」

「可哀そうだから、おれたちが入門してやろうか？」

「そいつは有難いが、おまえたちの親が、束脩を払うてくれる気になるかどうか」

「たしかに、のんべ先生じゃ渋るかもしれねえな」

げらげらとふたりが笑いこける。

ぼさぼさの総髪に髭面。もとの色がわからぬほどに色の褪せた着物に、裾がすり切れた袴。いつも半分酔っているような、とろりと眠そうな目をしている。

椎葉哲二は、やはり小日向で手習所を開いている。いわば師匠仲間であるのだが、萌はこの男が苦手だった。

何日も風呂に入っていないような、むさくるしい風体だけなら我慢もする。手習師匠だというのに四六時中酒を手放さず、規範となるべき言動とも無縁であることも、あえて目を瞑ろう。萌が椎葉に覚える具合の悪さは、まったく違うところに根差していた。

「ほれ、おまえたち、まだ八つの鐘は鳴っておらんぞ。手習いに戻らんか」

はあいと返事して、案外素直に席に戻っていく。

「邪魔をしてすまんな、萌先生。また書物部屋から、二、三借り受けたいのだが」

「構いませぬよ。どうぞ好きにお持ちください」

椎葉がこの家に出入りするようになったのは、たしか萌が十七のころだから、いまから七年くらい前になろう。その半年ほど前に、椎葉哲二は松ヶ枝町に『椎塾』を開いた。

武家の出ときいているから、いわゆる浪人者になるのだろうが、学問だけはよく修めている。父の承仙は、この男をいたく気に入っていた。月に二、三度は家に招き、酒を呑んだり碁を打ったりしながら学問話に興じていた。そのたびに銀杏堂の書物部屋に入り浸り、承仙が長年かかって集めたさまざまな書物を、借りていくのが常だった。

三月前、父が上方に旅立ってからは、酒席や碁打ちはなくなったものの、書物部屋通いは相変わらず続いている。なにせ見てくれが怪しいから、美津が教えている年嵩の娘たちの中には、怪し気な風体を疎んじる者もいるが、男子や小さな女の子たちには過ぎるほどに懐かれている。若干の焼き餅もあったが、萌が椎葉に覚える反感は、また別のところにある。

この銀杏堂を、承仙の代わりにまわしていくことなど、果たして己にできるのだろうか――。どうにも不安が募り、父が旅立つ直前、口にしたことがある。そのときに承仙が言った。

「もし、どうしても迷いが生じたら、哲二を頼ってみよ」

小日向やその近辺には、他にも手習所はいくつもある。いくら親しいからといって、よりにもよって何故あの男なのかと、不思議でならない。

親が子を塾に通わせるのは、決して読み書きのためばかりではない。行儀を身につけさせるのが、まず何よりの目的であり、ことに親が忙しく、なかなか子供に手がまわらない下々では、その役目を期待して手習師匠に託すのである。

ところが椎葉自身があのとおり、行儀作法とは無縁な男だ。手習所を開く浪人はめずらしくなく、曲がりなりにも侍である。博徒の用心棒を務めるような柄の悪い連中とは明らかに異なり、たいがいは折り目正しい態度で身ぎれいにしているものだ。

椎葉は酒好きを隠そうともせず、朝から一杯引っかけて、手習いの最中ですら貧乏徳利を離さない。界隈では評判の呑んだくれで、そんな男に子供を預けようとは、まともな親なら誰も考えない。それでも物好きはいるもので、五、六人の筆子(ふでこ)を抱えているときく。筆子の数からすると、かつかつの暮らしぶりで、手習師匠として尊敬に値(あたい)するところが、米粒ほども感じられない。

萌がそのように反論すると、父は快活に笑い、重ねて告げた。

「まあ、騙(だま)されたと思って、いよいよ困ったときには相談してみるといい」

本当に騙されたと知ったのは、父が去ってひと月後だった。

どの子にどの指南書をあてがうかは、師匠の裁量による。萌も十四歳から父を手伝っていただけあって、ある程度の知識はあった。ただし嫁に行っていた三年のあいだに指南書の数も増えていて、趣(おもむき)もさまざま異なっている。新しいものを用いるべきか、古きを尊(とうと)ぶべきかなど、子供の数の分だけ頭を悩ませなければならない。あまりの煩雑(はんざつ)さにたまりかねて、いつものように書物を借りにきた椎葉に意見を求めたことがあった。

「そんなもの、当の子供にたずねればよかろう」

あっさりと返されて、萌は二の句が継げなかった。

「どんな良書であろうと、当人の興が乗らねば紙屑(かみくず)と同じよ」

「では椎葉さまは、筆子が求めるなら、浮世草紙でも構わぬと仰るのですか！」

「そのとおりだ。現にうちでは、さる筆子が使(つこ)うておるぞ」

こんな男に相談をもちかけることこそが、そもそも無駄だったと、あのときにしみじみ思い知った。子供の好きにさせることが、教育ではない。むしろ嫌がることを我慢させ、耐える力を身につけ、世間に受け入れられる素地を作ることこそが、手習所の身上だと萌は心得ている。

腹立ちまぎれに、そのような文句をぶつけると、椎葉はさらりとこたえた。

「たしかに間違ってはおらんが……それは子のためというよりも、親の望みであろう」

どうしてだろう——。言われたとたん、さっきとは違う熱が腹の底からこみ上げて、頰にまで駆け上った。手習所をえらぶのも、束脩を納めるのも、子の親だ。ある意味、親たちに認められなければ、私塾はやっていけない。ただ、それをあからさまに口にされると、何がしかの後ろめたさと恥ずかしさを覚える。

子のため、親のため。

双方の力加減のちょうど真ん中を見つけられれば良いのだろうが、どんな熟練の師匠であろうと、神業に等しい芸当だ。ましてや手習いに通う子供たちは、大方がまだ幼い。いかんせん、親寄りになるのは仕方のないことだ——。

内心で懸命に言い訳したが、思い返すたびに同じ熱がこみ上げる。

それ以来、椎葉哲二という男が、いっそう苦手になった。

襖が閉まり、むさ苦しい姿が消えると、ほっと息をつく。

「萌先生、厠に立ってもよろしいですか？」

萌の背中で声が上がった。物思いを断ち切ってふり向くと、声の主は伊三太だった。

「ええ、伊三太。構わないわよ」

許しを与えると、急いで座敷を出てゆく。伊三太が向かったのは、厠とは逆の、書物部屋の方角だった。気になって、つい座敷から顔を出し、廊下の奥を覗く。

姿は見えなかったが、曲がった廊下の先から、ぼそぼそと低い声がする。

椎葉と伊三太の声に、相違なかった。

萌が何度きいても打ち明けようとしなかった悩みを、椎葉には明かすのか――。

師匠としてのなけなしの矜持が、からだから抜けていく。男の子だけに、女師匠には語れぬこともあるかもしれない。頭ではわかっていたが、大事なものが抜けた隙間に、虚ろな気持ちが広がった。

何食わぬ顔で伊三太が戻って半刻後、手習いの終わりを告げる、八つの鐘が鳴った。

喜び勇んで散ってゆく子供たちを送り出し、萌は伊三太の背中に声をかけた。

「萌先生、何か？」

「……いいえ、気をつけてお帰りなさい」

はい、と応じた伊三太の顔は、心なしかこれまでより晴れ晴れしく見えて、胸の中にあいた空虚な孔が、いっそう歪に広がった。

それから二日ほどは、何事もなく過ぎた。

伊三太もこれまでどおり銀杏堂に通い、手習いに励んでいた。三日目は銀杏堂の休みにあたり、四日目に伊三太が顔を見せなかったときも、さほど気にしなかった。家の都合などで、筆子が来られないことはままあるからだ。

しかし五日目の昼少し前、上総屋の手代が、主人夫婦の使いとして銀杏堂を訪ねてきた。小僧や下男を使わなかったのは、事が急を要し、また仔細を説くにも手間がかかるからだ。手代から話をきいてすら、萌には理由も意味も呑み込めない。

「伊三太が……？　どうしてそのような……」

「旦那さまは、こちらのお師匠さんが命じたのではと……」

「とんでもない！　私にもわけがわかりませんが……」

ひとまず当人に会って、確かめなければ。午後の手習いをとりやめにして、手代とともに上総屋へ急いだ。萌を待ち受けていたのは、ものすごい形相(ぎょうそう)をした上総屋の主人だった。

「では、倅(せがれ)があのような真似(まね)をしたのは、先生が命じたためではないと？」

「はい、そのようなことを口にしたことは、神仏に誓ってありません。子供にご飯を食べさせないなんて、そんな非道は私だって許せません」

必死で抗弁する萌をながめ、父親はううむと唸(うな)る。

伊三太は五日前の晩から、自室に閉じこもり猛勉強をはじめた。下山のための二月の浚で、良い成績をとりたいとの理由であったから、まだ先は長いだろうと思いつつ、両親もひとまず許しを与えた。

飯も部屋へ運ぶよう女中に頼み、二日のあいだは銀杏堂へも通ったが、三日目からは終日籠(こ)もったきり出てこない。さすがに母親が心配し、五日目の今朝覗いてみると、伊三太は座敷に倒れており、昨日の晩に運んだ膳(ぜん)は、手つかずのままだった。

伊三太は四日と半日のあいだ、飯を抜いていたのである。

両親がきつく問い糺(ただ)すと、こっそり家を抜け出して、飯を野良の犬猫に与えたり川に捨てたりしていたようだが、昨日からは空腹で足腰が萎(な)えて出掛けることすら億劫(おっくう)になり、朝昼の膳は庭に捨てるしかなかったようだ。縁(えん)からは見えない庭木の陰に、その跡が見つかった。

「伊三太は人一倍、学問のできる子供です。二月の小浚も、下山のしきたりを通すだけのこと。それこそおさらいすら要(い)らないはずです」

わざわざ三度の飯まで抜いて、机にかじりつく理由などどこにもなかった。

「倅はふらふらになりながらも、この算術問答を手放そうとしない」

むっつりと、父親が畳に置いたのは、たしかに算術書のようだ。しかし萌には、見覚えのないものだった。手にとって開いてみると、びっしりと難しい字が書き込まれていて、ところどころに丸や四角を描いた図も点在する。

「息子さんは、これをどこで？」

「先生が、与えたものではないのですか？」

父親がびっくりして、萌にきき返す。萌は首を横にふった。

「たしかに伊三太は算術が得手ですから、他の子よりも凝った問答集は与えました。ですがそれは、私がさまざまな書物から引いた問いを書き写したものですし、これとは違います」

いま萌の手にある算術書は、かなり年季が入っている上に、明らかに大人の、しかも算術の玄人向けの書だ。ざっと見た限り、萌ですら解けないような難問ばかりがひしめいている。

「しかし、本の最後に、たしかに銀杏堂の印が……」

父親がとまどいぎみに告げ、萌は裏表紙をめくった。たしかにそこには、銀杏の葉を象った見慣れた印が押されている。父の承仙のもち物に間違いない。

膝の上に算術書を置いたまま、萌がはっと顔を上げた。

五日前、銀杏堂を訪ねてきた者がいる。その髭面と、嘘をついて席を立った伊三太のようすが、まざまざと思い出された。

「もしや……」

「先生、何か心当たりが？」

「あります……ですが、確かめぬうちはお話しできません。ほんの少しで結構です。息子さんと、話をさせていただけませんか?」

主人は女中を呼んで、息子の部屋にようすを見にいかせた。やがて戻ってきた女中は、粥を腹に入れていまは落ち着いており、伊三太も萌に会いたがっていると告げた。

主人の許しを得て、萌は女中に案内されて奥の座敷に通った。


「萌先生……心配かけて、ごめんなさい」

伊三太は布団に寝かされていたが、萌の顔を見ると半身を起こした。

「すぐにお暇するから、寝ていても構わないのよ」

「腹もふくれたし、大丈夫です。病人みたいで大げさだけど、おっかさんが心配して……」

照れくさそうに語る。丸くつやつやしていた頰は明らかにこけていて、目にしただけで胸が痛んだ。顔色も青白いが、口調ははきはきしている。

どうして、とはきかず、萌は父親から預かった算術書を伊三太に見せた。

「これは、椎葉先生から?」

すまなそうにうつむいて、こくりとうなずいた。

「椎葉先生は、たしかに算術の腕前は、私なぞよりずっと上です。だからこの前、先生がいらしたときに相談に行ったの？」

「そうじゃなくって……えっと……」

十一歳の子供には、説明が難しいようだ。困ったように視線がきょときょと動き、しばし逡巡（しゅんじゅん）してから、伊三太は思い切るように大きな声で告げた。

「椎葉先生に相談したのは、別のことです。商人には、なりたくないって……」

「まあ、伊三太……」

「本当は商人じゃなく、算術家になりたいって。こんな家業、継ぎたくないって……」

語りながら大粒の涙が、伊三太の両目に溢れた。丸みの削（そ）げた頬を流れて、ぽたぽたと布団にこぼれる。伊三太の背に手を当てて、そっと撫（な）でた。

「こんな家業って……上総屋さんは、立派な身代（しんだい）をお持ちでしょ？」

「でも、朝から晩まで、お金のことばかりで……両替屋はことに……算術は好きだけど、金勘定（かねかんじょう）は好きになれなくて……でも銀杏堂を下山したら、みっちりと両替屋で修業させると、おとっつぁんから言われていて……」

出来の良さも手伝って、年齢よりも大人びた子供だと思っていた。けれど顔をくしゃくしゃにして泣きじゃくる姿はあまりに幼く、萌は思わず、伊三太の頭を抱き寄せた。

「そう……伊三太はずっと、己の先行きを思い悩んでいたのね……ごめんね、伊三太。先生、ちっとも伊三太の気持ちをわかってあげられなくて、本当にごめんなさいね」

百姓の子には『百姓往来』、職人の子には『稼往来』。そして商人の子には『商家往来』。

萌はあたりまえのように、子供たちの家業に合った教書を与えていた。だからこそ、伊三太は萌に、打ち明けられなかったのだ。

算術の出来が良いと、両親の前で褒め、両替商の跡取りとしてまことにありがたいと、父親もたいそう喜んでいた。師匠と両親のあいだが円満だったからこそ、萌にはよけいに言いづらかったのだろう。

家業を継がず、算術家になりたいなどと訴えても、子供の戯言と相手にされるはずもない。賢い伊三太には、それもよくわかっていた。一方で、下山の日は刻一刻と迫り、二月が過ぎれば、その先一生のあいだ、伊三太の身は家業に縛りつけられる。それがどうにも切なくて、藁にもすがる思いで、椎葉に相談をもちかけた。

——そんなに算術が好きか。

椎葉は髭面をほころばせ、銀杏堂の書物部屋にあった本の中から一冊を抜いて、伊三太に貸し与えた。

——算術家になりたいなら、これくらいは解けんとな。

「でも、でも……難しくて、ちっとも解けなくて……」

伊三太の顔がいっそう歪み、今度は悔し涙をこぼす。萌ですら、太刀打ちできぬほどの問答だ。伊三太が解けなくともあたりまえだと、やさしく諭す。

「もしかして、解けなかったから、ご飯を抜いたの？」

自分への罰のつもりであったのだろうかと、萌は思いつきを口にしたが、そうではないと、伊三太は萌に抱きとられた頭をふるふると横にふった。

「そうじゃなく……椎葉先生に言われたから……」

「先生に、何て？」

「『おまえは一日でも、飯が食べられなかったことがあるか』って……ないってこたえたら、それはとてもありがたいことだって……ひもじさと無縁でいられるのは、おまえが疎んじている家業のおかげだぞって」

「たしかに……そのとおりね」

「算術家や学者になったら、何日も飯が食えないことだって、あるかもしれないぞって」

「まあ、伊三太。もしやひもじさを堪える、その修練のために、ご飯を食べないで我慢していたの？」

涙でべたべたになった情けない顔を上げ、こくりとうなずいた。

修練というよりは、伊三太は試していたのだろう。唐の昔話には、清貧を友とする学者はしばしば登場する。金品に惑うことなく学問に邁進する学者も、たしかに存在する。

自分もそんな人物になりたい——。なれるだろうか？

清貧に身をおく算術家。そんな理想の姿を、目指せるだろうか？

「でも、私は駄目でした。飯を抜いて二日もしないうちに、ひもじいのが切なくてならなくて……算術のことよりも、ご飯のことばかり考えてしまって」

知恵の立つ子供は、往々にして潔癖なところがある。両替商は、伊三太には金にまみれた俗なものと映り、自身の理想とは正反対に思えたのだろう。逆に言えば、家業とはもっとも遠くにあったからこそ輝いて見えたのかもしれない。

　ぐずっ、と洟をすすって、伊三太が呟いた。

「問答も、たった一問しか、解けなかったし……」

「一問って……伊三太は一問でも、解くことができたの？」

　はい、と傍らの文机を示した。萌が立って、文机を改める。たいそう苦労したのだろう。墨で真っ黒になった反故紙が何十枚も重ねられていたが、一枚だけきれいに清書してあった。図形を用いた問答で、伊三太はもともと得意としていた。問いと解、さらにはそこに至るまでの説が並んでいた。

　丹念に説を辿ると、解に間違いがないことは萌にも飲み込めたが、果たして萌が自力で解を導き出せるかどうか、我ながら甚だ怪しい。

「これは『塵劫記』だと、伊三太は知っていて？」

　え？　と伊三太が、目を丸くする。

「塵劫記なら、色々な版を読みました。でも、こんなむつかしい問いはどこにも……塵劫記はてっきり、算盤のいろはを学ぶものだと……」

「塵劫記の最後にはね、十二問の遺題が載っているの。吉田光由が、さあ、どうだ。これが解けるかと、世間の算術家に向けて挑んだのね」

萌も最初は気づかなかった。塵劫記は日頃から見慣れていただけに、同じ本だとはわからなかった。世間によく知られた前半の部分がごっそりと抜けていて、難問の箇所だけを抜き出して冊子にまとめためずらしい版だった。

「解いた人は、いるのですか？」

「十二年後に、榎並和澄という算術家が、遺題の解を世に示したそうよ」

「その人なら、知っています。二十代で、『参両録』を著したと。吉田光由が塵劫記を書いたのも、やはり同じ歳のころだときいています」

憧れの算術家の名があがり、にわかに子供の表情が輝く。

「塵劫記の解は、その参両録の中にあったそうよ」

「そうだったんですか……」

納得がいったように、ほうっとため息をつく。

塵劫記は、吉田光由によるもので、江戸初期に刊行された。本来は算盤の手引書であるのだが、わかりやすく面白いと庶民にも広く親しまれた。初版から光由自身も幾度も改稿し、また売れると知ると勝手に写して世に出す版元も多くいて、おかげで実にさまざまな版が存在する。世間にもっとも出回っている版は、塵劫記のごく初歩だけをまとめて版元が冊子にしたものだった。銀杏堂でも、教本として用いている。

しかし塵劫記の名を知らしめたのは、十二問の遺題である。光由は世間の数学者に向けて、十二問の遺題を示した。解答はあえてつけず、後にその解を提示する。そのうち二問は問いがなく、問題としては成り立たない。残る十問に堂々と解をつけたのが、榎並和澄である。

この遺題二に、円截積（えんさいせき）がある。円錐台（えんすいだい）の形をした唐木（からき）の図が描かれて、上底円の周と下底円の周、そして高さのみが示されている。これを等しい体積の円錐台に三等分するには、どことどこの高さで切ればよいか。

萌ですら難しい問いを、驚いたことに伊三太は解いてみせた。けれど何より感慨を覚えたのは、伊三太が満足しなかったことだ。

「遺題十にも円截積の問いがありましたが、いくら考えてもどうしても解けなくて……」

それも道理で、遺題十は難問として有名なのだ。直径百間（けん）の円形の土地を、二本の弦（げん）で三分割する。それぞれの面積を示し、そこから土地を分けた弦の長さと、弓形の孤（こ）の長さを求めよというもので、大人の算術家ですらおいそれとは解けまい。もちろん萌にはお手上げだ。

しかし伊三太の才は本物で、勾股積から円截積まで自在に操る。

直角三角形の直角を挟む二辺を、それぞれ勾と股、斜辺を弦と呼び、弦の二乗は勾と股それぞれの二乗を合わせたものに等しい。いわゆる三平方の定理であり、西洋ではピタゴラスの名がついてまわるが、算術が大いに隆盛した江戸でも定石で、伊三太はすでに呑み込んでいた。

この歳から本気で目指せば、算術家という道は、伊三太の前に開けるかもしれない。可能性は、十二分にあった。けれども師匠として、あからさまな後押しはできない、してはいけない——。

萌の忸怩たる思いは、そのまま伊三太の心境に重なる。

——それは子のためというよりも、親の望みであろう。

浮かんだ髭面が、容赦なく告げる。

「先生？」

涙を拭った伊三太が、こちらを見詰めている。無垢な瞳が、いまの萌には辛かった。

「伊三太は本当に、算術が大好きなのね」

はい、とこたえた伊三太は、初めて笑顔になった。

上総屋を辞すと、萌はその足で松ヶ枝町に向かった。

だいたいこのあたりだと、父にきいてはいたものの、訪ねるのは初めてだ。人に三度も道をたずね、着いたところは、何とも粗末な裏長屋だった。いかにも立てつけの悪そうな入口障子(しょうじ)には、なかなかの達筆で『椎塾』と大書(たいしょ)されていた。

「ごめんください。椎葉先生はいらっしゃいますか?」

声をかけると、がたぴしと音をさせながら、中から障子が開いた。応じたのは椎葉ではなく、伊三太と同じ年頃の子供だった。

「先生なら、いましがた出掛けたよ」

「いつごろ、戻られるかしら?」

「わかんねえけど、きっと行先は酒屋だろうから、たぶんすぐ戻るよ」

慣れたようすでこたえる。ひとまず待たせてもらうことにして、長屋の敷居をまたいだ。

狭(せま)い土間の向こうは四畳半で、長屋でももっとも狭い、いわゆる九尺店(くしゃくだな)のようだ。四畳半に、子供が五人詰め込まれたさまは何とも狭苦しいが、唯一有難いのは、座敷の奥が壁ではなく障子戸であることだ。短い縁側がついているのだろう、障子越しに外の光が届き、座敷は思いのほか明るい。

　ただ、中のようすは、銀杏堂とはほど遠い。

　机は隅にひとつきりで、萌に背を向ける姿で、子供がひとり張りついているが、他の四人は寝そべったり胡坐(あぐら)をかいたりと、思い思いの格好で場所を占(し)めている。

　これでは行儀作法など、身につきようがないと、ため息が出た。

「だいたい、手習いの最中に酒屋に行くなんて、どういう了見かしら」

「違うよ。八つを過ぎたから、先生は酒屋に行ったんだ」

　萌の小さな文句を、すぐ脇にいた子供が拾う。萌を招(しょう)じ入れてくれた子供だった。

「そういえば……さっき八つの鐘が鳴ったわね。あなたたちは、うちに帰らないの？」

「帰るよ、そのうち。でも、ここにいた方が楽しいんだ」

　銀杏堂では、いや、どこの手習所でも、子供たちは八つの鐘を何よりも心待ちにしている。伊三太のような子供はむしろまれで、たいがいの子供にとって勉強はしんどいものだ。毎日解放されるたびに、一目散に家に帰っておやつをいただく。それが子供たちの、ささやかな楽しみだった。

なのにここの子供たちは、鐘が鳴っても誰も帰ろうとしない。萌にしてみれば、奇妙なほどに不思議な光景だった。

いったい何を習っているのだろうと、当の子供の手許に目をやって、萌は驚いた。

「……これを、解いているの？」

「そうだよ」

「こんな難しい問いを、解くことができるの？」

「こつさえつかめば、そう難しくはねえよ。もとの理(ことわり)は一緒だから、少し変えたり広げたりすればいいんだ」

萌は思わず、目をぱちぱちさせた。格好からすると、たぶん職人の倅だろう。けれど子供の手にあるのは『稼往来』ではなく算術書である。しかも、さっき上総屋で見せられたものと同等の、つまりは大人向けの問答集だ。

それ以上、萌には構わず、子供はすぐに算術書に顔を戻した。右手の人差し指で、左の掌(てのひら)に何か書きながら、ぶつぶつと呟いている。算盤代わりか、あるいは解に至る説か、どちらにせよ、大変な算術力だ。

その向こう側には、腹ばいになりながら、こちらは熱心に筆を動かす子供がいる。しかし手本を見て、萌はぎょっとした。世間に出回っている、大人向けの冊子である。

「浮世草紙を手習いに使っているというのは、本当の話だったのね」

大いに呆(あき)れたが、子供の筆さばきに目をとめて、さらに驚いた。浮世草紙には、挿絵(さしえ)がたんと入っている。子供はその絵を写しているようだが、ただの模写ではなさそうだ。手本とした草紙には、怨霊(おんりょう)が跋扈(ばっこ)するおどろおどろしい絵が描かれているが、子供の絵の中で踊っているのは、着物を着た愛敬(あいきょう)にあふれるネズミである。どうやら構図だけを真似ているようだが、それにしても上手い。身なりからすると家は棒手振(ぼてふ)りか小店と思え、歳はさっきの子供より、ひとつふたつ幼く見える。十にも満たぬ子供とは、とても思えない緻密(ちみつ)な筆だった。

「上手ねえ。それは何の絵を描いているの？」

「レンちゃんが書いた、戯作(げさく)に添える絵だよ」

顔を上げた子供が、にこにこしながら筆の先で示した。ひとつきりの文机に向かった筆子で、袴をつけているから下級武士の倅だろう。

「レンちゃんの作るお話は、とっても面白いんだ。あ、いま声かけても無駄だよ。書いてるときは、まわりの音が何にもきこえなくなるんだ」

椎塾は男子のみを教えているが、銀杏堂と同様に、武家・百姓・町人の別はないようだ。残るふたりは百姓の子供のようで、ひとりは一心不乱に木を彫っている。木彫細工を拵えているのだが、これもまた玄人はだしに上手い。手許にある蛙は、生きているかのように精巧だった。

いちばん奥、障子にもたれている子供に気づいて、萌ははっとした。

その顔に、たしかに覚えがある。どこで会ったのだろう――？

「もーい、るーく、すはってぃひ。へーるぷ、はうおぷ、はーうえふ。りふぃー、ぜー、へーめる」

その子はさっきから、小さな声で不思議な唄を口ずさんでいた。中身はさっぱり意味がわからないが、同じ詞を何度もくり返しているところを見ると、まったくのでたらめというわけでもなさそうだ。

しげしげと見詰める視線に気づいたのか、うつむき加減だった子供が顔を上げ、目が合った。その瞬間、どこで会ったのか思い出した――銀杏堂だ。

「あなた、昔、銀杏堂に通っていたでしょ？　ええと、名はたしか……乙助といったわね？」

子供は用心深く、こっくりと首をふる。筆子の顔と名は、決して忘れないのが萌の身上だが、思い出すのに暇がかかったのは、つきあいがごく短かったからだ。

萌が嫁ぐ三月ほど前、乙助は六歳で銀杏堂に入門した。けれど乙助は、どういうわけか読み書きがまったくできなかった。いくら教えても字が覚えられず、父の承仙はくり返し丁寧に、あるいはやりようをさまざま変えて試みたが、乙助はいろはすらまともに書けなかった。

まもなく萌は銀杏堂を去り、けれど乙助の面影は心の隅にかかっていた。読み書きが捗らぬことを、乙助の両親は嘆き、周囲の子供たちからは馬鹿にされていた。日を追うごとにしぼんでゆく花のような姿が、かわいそうでならなかったからだ。

乙助にとっても、決して楽しい思い出ではないのだろう。銀杏堂ときいたとたん、かすかに眉根が曇り、不安そうな顔になる。萌は急いで笑顔をつくり、たずねた。

「唄がとっても上手なのね。いまのは、何の唄？」

「唄じゃなく、蘭語に節をつけただけだよ。この方が、覚えやすいんだ」

「蘭語……」

思いもかけないこたえに、萌は面食らった。蘭語はたしかに、江戸の知識人のあいだでは昨今もてはやされている。けれども百姓の倅の乙助に、蘭語を使う機会があるとはとうてい思えない。

いったい椎葉は、何を考えているのか？　たしかにどの子も一芸に秀でていると言えるが、世に出たときに役に立つ、子供たちが生きていく上で必要となる知恵を、身につけさせるのが手習所の役目ではないのか？

とまどいながら自問をくり返す。こたえは出ず、やがて椎葉が帰ってきた。見当に違わず、貧乏徳利を携えていたが、萌の来訪には驚いたようだ。

「これはめずらしい。萌先生が、わざわざ訪ねてくるとは」

「椎葉先生に、どうしても伺いたいことがあるのですが！」

つい鼻息が荒くなる。椎葉はきょとんとしながらも、はあ、とうなずいた。

「おまえたち、そろそろ日暮れだぞ」

子供たちに帰るよう促したのは、萌の話をきちんときいてくれる心づもりがあるのだろう。皆が帰り仕度をはじめたが、文机に向かうひとりだけは動こうとしない。絵を描いていた子供が、あたりまえのように傍（そば）に行き、耳許で、わっ、と叫んだ。びくりとして、夢から覚めたように、武家の子供がふり返る。

「ほら、レンちゃん、帰る刻限だよ。続きはまた明日」

五人の中ではいちばん年嵩のようで、十二、三にはなっていそうだが、十に満たない小商人（こあきんど）の倅の言葉に、素直に従う。

「あいつは、とびきりの変わり種でな。二郎（じろう）の言うことにしか耳を貸さんのだ」

椎葉が小声で告げて、苦笑いする。二郎というのが、絵の上手い子供のようだ。

「哲先生、さよなら、また明日！」

五人の子供たちが帰っていき、急にひっそり閑（かん）とした座敷に、萌は改めて腰を下ろした。椎葉は土間に近い場所に胡坐をかいたが、急に困ったふうに顔をしかめる。

「すまんが、うちには茶などなくてな……萌先生に、酒を出すわけにもいかんし」

「いいえ、いただきます！」

少々とまどいながらも、貧乏徳利からふたつの湯呑みに酒を注（つ）ぎ、ひとつを萌の前に置いた。礼を言って、湯呑みの半分ほどを一気に干した。

「ほお、なかなかの呑みっぷりだ。萌先生がいける口とは知らなんだ」

「強くはありませんが、このくらいなら美味しくいただけます」

承仙と椎葉は呑み友達であったが、男同士の酒席に女が混じるなど、美津が許すはずもない。しかし実を言えば、酒が好きなのは母の美津である。父も嫌いではないのだが、すぐに顔が赤くなるたちで、対して美津は、いくら呑んでもようすが変わらない。武家の出だけに、あくまで節度のある呑み方ではあるものの、母子ふたりになっても五日に一度は膳に酒が載る。つき合う萌もまた、酒のたしなみはわきまえていた。

「で、おれにききたいこととは？」

本当は、伊三太の相談に来たのだが、いましがたわいた疑問の方が先に立った。

「椎塾の子供たちは、八つの鐘が鳴っても、帰ろうとはしないのですね」

「あいつらにとっては、遊びだからな。愉しいことなら、止めるのは惜しかろう」

「遊び……あれが……？」

たしかに子供たちは、夢中で没頭していた。萌が訪ねた折に、ほとんど顔すら上げなかったのがその証しだ。たやすく目移りしやすいのが子供の常で、銀杏堂なら、たとえ椎葉でなくとも、客が来ればそちらに関心が移り手習いがおろそかになる。

「読み書きや算盤は、教えてはいないのですか？」

「一切、させてはおらん。うちはそういう塾だからな」

「でも、それではあまりに偏りが……手習いは、生きていく上での礎です。まずはじめに身につけさせなければ、世間に出たときに、誰よりも当の子供たちが困ることになりましょう」

浮かんだのは、さっき再会した乙助の顔だった。乙助はたしかに、銀杏堂にいたころよりもよほど楽しそうだった。けれども蘭学は、表向きには幕府が禁じた学問だ。昨今は蘭学者も増えてきて、公儀に重用される者もいるときくが、決して奨励されてはいない。ましてや一介の百姓の子に過ぎない乙助が、蘭語を覚えてどうなるというのだろう。

百姓は百姓に、商人は商人に――それがいまの世の習いである。もちろん、身分の壁をものともせず立身を遂げる者も中にはいるが、数にすればごくわずかだ。だからこそ、百姓の子には『百姓往来』を、商人の子には『商家往来』を習わせる。

「乙助に、蘭語を諳(そら)んじさせる。それに何の意があるのか、私にはわかりかねます」

「そうか……乙助は、銀杏堂にいたのであったな」

ため息のように呟いて、ぐびりと酒をあおった。

椎葉は、萌よりちょうどひとまわり上になる。手習師匠としての経験も足りず、自分よりずっと年下の女子(おなご)の訴えを、怒りもせずに黙って受けとめてから椎葉は口を開いた。

「あの子供らはな、すでに一度、世間から爪(つま)はじきにされておる」

え、と驚きが声に出る。

「爪はじきとは、どういう……」

「椎塾に通っておるのは、他所の手習所で落ちこぼれた者たちだ」

萌の目が、大きく広がった。すでに日は落ちて、長屋の内は手許さえ見えぬほど薄暗い。椎葉は火鉢の炭をひとつ、火箸(ひばし)で器用につまみ上げ、粗末な行灯(あんどん)に火を入れた。

「では、乙助は……父上が見限ったということですか？」

「それは違う。承仙先生は、乙助を手放すつもりはなかった。ただ当の乙助が、銀杏堂に来なくなってな。承仙殿は、たいそう案じておられた」

読み書きができぬのを、まわりからからかわれて、乙助は辛かったに違いない。銀杏堂を訪ねた折に、承仙から相談されて、椎塾で引き取ることにしたという。

「ごくたまにだが、乙助のように、読み書きだけがまったくできない者がおってな。知恵が足りないわけでもなく、言葉もはきはきしている。ただ文字だけが、どうしても覚えられんのだ」

「そんなことが、本当にあるのですか？」

「あそこまで覚束ぬのは、滅多にないがな。おれも乙助でふたり目だ」

乙助が椎塾に通うようになってから、椎葉も読み書きのためのさまざまな方法を試してみたが、やはり文字だけは駄目だった。

「あのころの乙助は、見るも哀れでな。他の子供があたりまえにできることが、己にはできない。それを誰よりも恥じて、苦しんでいたのは乙助だ」

ボロボロにほつれてしまった自信を、とり戻してやるのが何よりの急務だったと椎葉は告げた。

「幸い乙助は、文字が読めぬ代わりに耳が良い。『枕草子』でも『徒然草』でも、教える傍から諳んじることができる。蘭語をはじめたのは、たまたまでな。乙助には、響きのめずらしさが面白くてならぬようだ」

椎葉が一冊だけ手に入れた日蘭辞書から、いくつかの単語を読んでやり、それに勝手に節をつけて口ずさんでは覚えているのだった。

乙助が椎塾で得たものは、もうひとつある。自分と同じ立場にある仲間だ。

「昇吉も、乙助ほどではないにせよ、やはり読み書きに難があってな。そのぶん算術は、大人に負けぬほどの才がある。一方で、学問のたぐいは一切受けつけない子供もおる。耕作というのだが、代わりに手先は器用だ。試しに木を彫らせてみるとめきめき上達した。子供の才は、まことに侮れんよ」

昇吉というのは、最初に萌を招じ入れてくれた子供で、見事な蛙を彫っていたのが耕作だろう。

「たとえ読み書きに優れていても、ひときわ変わった輩もいてな——連之助よ。武士の倅だというのに、四書五経のたぐいは一行も覚えられん。あいつは戯作やら白話やら、絵空事にしか興を示さなくてな」

白話とは、唐の国の小説のことで、文机に向かっていた十二、三の子供は、物語でなければ頭に入ってこないという。

「連之助は、他人と交わるのも苦手でな。牛込にある、武家の倅ばかりが通う手習所で、ずいぶんといじめられていたようだ。椎塾に来てからも、一年以上も口をきこうとしなかった。それが二郎にだけは、心を開いてくれてな……変わり者同士、気が合うたのかもしれんな」

「二郎というのは、絵の上手い子供ですね？　朗らかですし、特に変わったところは見受けられませんでしたが」

「もといた塾では、読み書きも算盤も一切やろうとせず、日がな一日絵ばかり描いておった。師匠にどんなに叱られても、どこ吹く風で、いちばんの困り者だったそうだ」

　絵より他は興味のなかった二郎だが、連之助の戯作だけは面白いと喜んで、次から次へと挿絵を描く。連之助にとって、戯作は自身の魂に等しい。不愛想に見えて、二郎にだけは心を許しているのだった。

「あのふたりは、互いを認め合っている。それが何よりも大事なことだ。ここに来る者たちは皆、子供ながらに心に傷を負っている。手習所という最初に出会った世間から弾(はじ)かれて、己には値がないとの印を押された。どんなことでもいい、大人からすれば無益に見える事柄でも構わない。己にも得手がある、できることがあると気づかせてやるのが何よりの一義。たとえ人並みには及ばずとも、己を信ずることさえできれば、この先も生きていけよう。椎塾は、そのためにあると……」

湯呑みに目を落とし、熱心に語っていた椎葉が、ふと顔を上げた。小さく洟をすする音が、届いたようだ。

「萌殿……どうされた？　もしや、泣いておるのか？」

「何というか……こちらの子供たちが、あまりにけなげで……切なくてならなくて」

「いや、何も泣くほどのことでは……」

椎葉がにわかにおろおろする。懐(ふところ)からちり紙を出してちんとかみ、袂(たもと)で涙を拭うと、萌は改めて膝を正した。

「私、決めました。伊三太をこちらに、通わせとうございます」

伊三太が食を断ち、算術問答にとりくんでいたことを明かした。

「ほう、あれを解いたか。一問だけでもたいしたものだ。しかし五日も断食するとは、無茶なことを……どうやら、よけいな真似をしてしまったようだな」

椎葉はすまなそうに詫びたが、子供というのは、大人の想像をはるかに超えた、とんでもないことをやらかすものだ。それでも子供なりに真剣に考えて出した結論なら、無下に切り捨ててはいけないと、萌は信じていた。

「伊三太は、算術が好きでならぬのです。それを一切とり上げてしまうのは、あまりに心ない。一方で、ひもじい思いをしたからこそ、家業の有難みも身にしみたはずです。家業を覚えながら、算術も続けてはどうかと、伊三太に言いました」

難しい算術は、萌には手に負えないが、椎葉なら良い師匠となってくれるだろう。萌はそれを頼みに来たのだが、その前に椎塾と、椎葉哲二という男を見極めたいとの腹もあった。

「椎葉先生のお心掛けは、深く胸にしみました。なにとぞ伊三太を、お願い申し上げたく……」

「いや、教えるのは構わんが、上総屋の主人が良い顔をせんだろう。手習いを過ぎての学問は、道楽にしかならんからな」

「たしかに良い顔はされぬでしょうが……算術ならきっと商家の役に立つはずで

す。月に一、二度に限れば、可愛らしい道楽です。そこは師匠として私が、上総屋さんを説き伏せてみせます」

「萌先生は、頼もしいな」

髭面の中の目が、嬉しそうにまたたいた。その目とぶつかったとき、萌は気づいた。椎葉に対して抱えていたものは、おそらくは嫉妬だ。まだまだ半人前で、毎日悩んだり迷ったりと、萌の気持ちは甚だ落ち着かない。けれど椎葉の中には確固たる信念があり、それが萌には、うらやましくてならなかったのだ。

それでも椎葉と萌のあいだには、ひとつだけ同じものがあった。

子供たちひとりひとりを、疎かにしたくないという思いだ。

誰ひとり、同じ子供などいない。言ってみれば、銀杏堂に通う者たちもやはり変わり種で、単に椎塾の子たちほど、振り幅が大きくないというだけのこと。子供はおしなべて変わり種で、だからこそ尊いのだ。

「椎葉先生、ありがとうございました。迷うたら先生を頼ってみよと、父が申しておりました。その理由が、ようやくわかりました」

「呑んべ師匠でも、役に立てるなら幸いだ」

「お酒だけは、少しは控えた方がよろしいですよ。おからだに障ります」

「おれから酒をとったら、何も残らぬわ」

髭面をほころばせ、萌の湯呑みに酒を注ぎ足した。

泣いた後の喉に、冷酒が心地(ここち)よくしみた。

春の声

「萌、仕度は整いましたか？　そろそろ出掛ける時分ですよ」

はい、と母に返事して、名残り惜しそうに娘を膝から下ろす。と、赤ん坊は、くるんと器用に腹ばいになり、這い這いをはじめた。

「いとさまは、すっかり這い這いが達者になりましたね。きっと、あと三月ほどで、歩かれるようになりますよ」

乳母のお里が、目を細める。年が明け、萌は二十五歳になった。しかし自分の歳なぞ二の次で、娘の美弥が二歳を迎えたことの方が、よほど嬉しい。

美弥がこの家に来たのは、十月の末のころだった。生後、半年くらいだろうと見当をつけていたが、あながち間違いではなかったようだ。師走に入ってお座りができるようになると、萌にとっては母親の先輩にあたる、幼馴染みのお梶が太鼓判を押してくれた。

「そうねえ、八月でお座り、翌月くらいに這い這い、それからつかまり立ちをして、ひと歳ほどで歩くようになるわ。ただ、赤ん坊によってさまざまよ。うちも上の子はひと歳が経つより前に歩きはじめたけれど、下の子はそれより三月も遅かったもの。あまり気を揉み過ぎないことね」

「まあ、同じ兄妹なのに、不思議なことね」

「正直なところ、遅いくらいの方が育てやすいかもしれないわね。上の米太郎ときたら、やんちゃで手がつけられなくて、歩きはじめたころなぞ、それこそ呆れるくらい何べんも縁側から落ちちまったものよ。そこへ行くと妹のおたえは、ずっと用心深くて……まあ、女の子ってこともあるでしょうけど、危ない真似なぞまずしないから、親としては助かるわ」

　お梶の話のひとつひとつが、まるで金言であるかのように、ふんふんと萌は拝聴する。それでも、百聞は一見に如かず――。子育てほどこのことわざが、しっくりくるものはない。

「それにしても、這いずりらしきものをはじめたと思ったら、ほんの四、五日で這い這いができるようになるなんて……あんまり早くてびっくりしたわ」

　最初は襁褓をした大きな尻が、どうしても畳からもち上がらず、さっぱり前に進まなかったのに、それからわずか数日で、尻をふりふりさせながら自在に動けるようになった。

「いとさまは手足が達者なようですから、夏を迎える前に歩くかもしれませんね」

いかにも楽しみなようすで、乳母と微笑(ほほえ)み合ったが、そうなれば、また別の心配が頭をもたげてくる。本当なら、美弥が落ちぬよう、家中の縁側(えんがわ)に柵を設けたいくらいだ。冗談めかしてそう告げると、ころころとお里が笑う。そのときまた、母から声がかかり、萌はお里に後を任せて、慌(あわ)てて腰を上げた。

「萌、途中で忘れずに、須垣(すがき)屋に寄るのですよ。店には昨日、頼んでおきましたから」

「はい、皆さまへの手土産(てみやげ)ですね。……あの、母上は、やはりご一緒なさいませんか?」

「そんな情けない顔をするものではありません。銀杏堂の主(あるじ)は、いまはおまえなのですからね」

ぴしゃりとはねつけられて、萌が肩を落とす。

「萌も父上と一緒に、一度は顔を出したのでしょ? 別にとって食う輩(やから)なぞ、おりませぬよ」

「ですが、母上。私が伺(うかご)うたのは嫁入り前……もう六、七年も前になりますし、そのころとは顔ぶれも変わっておるやもしれませぬし……」

いつまでも浮かない顔の娘に、母の美津は、長いため息をつく。

「私がお邪魔したのは一昨年ですが……昔にくらべると、女子の顔ぶれも増えておりますよ。新参とはいえ、気後れすることはないでしょう」

「そうですか……」

ほんの少しだが、安心できる材料が増えたことで、ようやく出かけるふんぎりがついた。

「では、母上、行ってまいります」

「御酒が出るからといって、あまり羽目を外し過ぎぬよう気をおつけなさい」

美津はそれだけは、しっかりと釘をさして娘を送り出した。


銀杏堂を出ると、小日向水道町を西に抜け、この辺りでは江戸川とほぼ並んで走る、神田上水を渡った。ここから北西に向かって一本道が延びていて、突き当たりが護国寺である。この参道の両側が音羽町で、護国寺前の一丁目から、ほぼ道の終わりの九丁目まで長く連なっていた。

美津から言いつかった須垣屋は、音羽町九丁目にある。橋を渡ってまもなく、菓子屋の看板が見えてきたが、その手前に、馴染んだ小さな姿を見つけた。

声をかけようとして、萌ははっとした。うつむいたその顔は、あまりにもしょぼくれて、元気がなかったからだ。

「こんにちは、りつ」

できるだけ脅(おど)かさないよう、そっと言ったつもりだが、子供はあからさまにびくりとし、顔を上げた。

「萌先生……」

「手習いの帰り？　でも、それにしては少し遅いわね」

「……いままで、居残りをさせられて……あたし、漢字がちっとも書けなくて……」

悲しそうに語り、終(しま)いの方は声が消えてしまいそうなほどだ。うなだれた姿があまりに哀れで、萌はりつの前にしゃがみ込んだ。

「りつは、がんばっているのね。こんな刻限まで、えらかったわね」

あえてそう褒(ほ)めたが、たちまち小さな顔がくしゃりと歪(ゆが)んだ。

「萌先生……あたし、あたし……銀杏堂に帰りたい！　もう『春声庵(しゅんせいあん)』に通いたくない！」

「りつ……」

「お願い、お願いします、萌先生！　あたしを銀杏堂に戻してくれるよう、おとっつぁんにどうか話してください！」

りつはこの正月で九歳になるが、もともと内気で引っ込み思案な子供だった。こんなふうに、自分の意見をはっきりと口にしたことなど一度もなかった。

りつは六歳の春から去年の八月まで、二年半のあいだ銀杏堂に通っていた。春声庵に移ったのは言うまでもなく、銀杏堂の師匠が、父の承仙から新米師匠の萌に代わったためだ。

りつは『酉井屋』という書物問屋のひとり娘で、将来は婿をとって家を継ぐ身となる。親も娘の教育には力を入れていて、萌に託すのには不安があったのだろう。他にも同じ理由で銀杏堂を去った子供たちがいるだけに、文句のつけようなどないのだが、ただ、りつの父親は、萌に向かって別の理由を説いた。

「実は、りつはゆくゆくは、立派なお屋敷で花嫁修業をさせたいと考えております。お大名かお旗本の屋敷になりましょうが……もしも叶うなら、大奥に奉公させたいと……どうぞ親の高望みと、お笑いくださいまし」

大奥ときいて、さすがに萌も驚いた。しかし酉井屋にはどうやら、娘を大奥に入れるための何らかの伝手があるようだ。はっきりとは口にせぬまでも、主人はそれをほのめかした。

「娘も喜んで通っておりますし、銀杏堂の手習いには何の不足もございません……ただ、大奥に入れるとなれば、やはり春声庵がいちばんではないかと……勝手ながら、その考えに至りまして……」

「親御さまのお気持ちは、よくわかりました。大奥を目指すのであれば、たしかに春声庵の茂子さまを師となされるのが何よりと、私も思います」

萌はりつの父親に向かって、そううなずいた。

他でもない、春声庵の女師匠、茂子こそ、かつて大奥に奉公に上がり、祐筆まで務めたという才女なのである。町屋生まれでありながら、公家や武家にしか使われないような、子のつく名をもつのもそれ故だ。

十六で大奥に上がり、本来なら二年ほどで暇をいただくところだが、茂子の筆の才はたいそう重宝されて、まる十二年も務め上げたときいている。そのころには茂子自身、いまさら嫁ぐつもりなぞなかったのだろうが、家業を継ぐはずだった弟が早世し、やむなく二十八歳の茂子が婿をとり、家を継いだ。

大奥で、しかも単なる花嫁修業ではなく祐筆まで務め上げたとなれば、黙っていても方々から教えを請われる。まもなく手習所を開くこととなり、茂子はかれこれ五十を超えているはずだから、春声庵は二十年以上の歴史をもつ。

音羽町の七丁目で男女を問わず教えていて、常に三十人ほどの筆子を抱える人気の塾だ。そのくらいの数になると、ひとりの師匠では賄いきれず、春声庵ではもうひとりふたり、やはり大奥帰りの女子を抱えて、指南しているときく。

一方で春声庵は、しつけの厳しいことでも有名だった。大奥で祐筆であった茂子だけに、礼儀作法と書道にかけては、男子でも泣き出すほどの徹底ぶりで、どうやらりつの目には、鬼と違わぬ姿にすら見えているようだ。

泣きじゃくりながら、りつはかつての師匠に向かって懸命に訴えた。

「漢字の、覚えが、悪いのは、あたしが、怠けているからだって……でも、あたし、何べん修練、しても、どうしても覚えられなくて……でも、茂子先生は、信じて、くれなくて……こんなに読める、のに、書けないのは、おかしいって……」

ああ、そうか——と、りつの訴えに、納得のいく思いがした。

家が書物問屋であり、幼いころから本に囲まれて育ったことも大きいのだろう。りつは読みにかけては、人並みをはるかに超えるほどの才がある。ことに物語のたぐいが好きで、ほんの七、八歳にもかかわらず、読本すら難なく読みこなしていた。唐の白話小説を翻訳したものは読本と称されて、大人ですら、ある程度の教養がなくては頭に入らない代物だ。幼いりつが、どこまで意味を汲んでいるかは怪しいところだが、少なくとも話の筋はつかんでいた。

りつの読みの才はたいしたものだと、承仙は両親に向かって手放しで褒めていた。娘を大奥にという過分な望みが生まれたのも、それ故かもしれない。

ただ、読みは図抜けているりつが、どうしてだか書くことにかけては人並みにすらおよばない。読めるのに、書けない——。すらすらと読める文字も、書かせるとまったく覚えていないのだ。

りつが銀杏堂にいたころから萌も気づいていて、不思議なこともあるものだと、内心で首をかしげていたが、そういう子供はままいるものだ。

算盤は難なくこなしていた子が、田畑の面積を求めるなどの図形となると混乱してつまずいたり、『町名』や『国尽』は得意なのに、『名頭』となるとたんに覚えられなくなったりと、子供の個性は実にさまざまだ。

近隣の町名を並べた教本が『町名』であり、地方では同様の『村名』や『郡名』が使われる。『国尽』はこれを広げたもので、六十六か国の名称が記されていた。『名頭』は人名によく使われる字が挙げられており、言うまでもなく人の名を読み書きできるようにするための教本である。つまり件の子供は、地理には興味があっても、人の名にはさほどの関心が持てないのだろう。

　りつの場合も、同じ理屈が当てはまる。おそらくりつは、物語が好きなのであって、字そのものには頓着しないのだ。なまじ、すらすらとつっかえることなく読み進むために、よけいに字を頭に焼きつける暇に恵まれないのかもしれない。物語の内容に心を奪われているために、前後の文脈だけで筋を理解し、読めない字があってもそのまま先へ進む。何度も出てくれば、そのうち読めるようになるが、字の形を正確に捉えることはできない——おそらくは、そんなところだろう。

　りつの読みの才は、ある意味、生まれつきのものだ。だからこそ、周りも、そしてりつ自身も、なぜ書けないのか理由をつかめない。

　逆に、書に長けた茂子にしてみれば、覚えていない字を、どうして読むことができるのか、想像ができかねる。書の真髄を、素晴らしさを体現しているからこそ、これほどまでに読みに長けた子供が、その根幹であるはずの字を厭うなどとは、夢にも思いつかないのかもしれない。

　りつの涙を拭いてやりながら、萌はそんなふうに考えていた。

「りつ、もう泣かないで。りつが怠けてなどいないことは、私もようく知っているもの。茂子先生も、そのうちきっとわかってくださるわ。りつが春声庵に通い出して、まだ半年にも満たないでしょ？　先生とりつがもっと近しくなれば、きっと……」

「あたし、茂子先生と近しくなんて、できない……先生が傍にいるだけで、もう怖くて怖くて。いつも掠れた小さな声しか出ないから、行儀やお作法でも、やっぱり怒られっぱなしで……」

　またぞろこぼれてきた大粒の涙を手拭いで止めてやりながら、心の中でため息をついた。あまりに立派過ぎる師匠の前で、りつの心はすっかり萎縮している。何とかしなければと思いつつ、良い策は浮かんでこない。安易な気休めは口にすべきではない――わかってはいたが、それでも言わずにはおれなかった。

「漢字を上達させるやりようは、きっとあるわ。先生が考えてみるから、もう泣かないで」

「萌先生が？　……もう、りつの先生じゃないのに？」

「いまはたしかに、りつは春声庵の筆子だけれど……師匠と弟子の間柄は、一生変わらない。りつはいまでも、私の教え子よ」

これればかりは、決して建前なぞではない。学業であれ仕事であれ、師弟の関係は一生もの。そして大方の者が、人生で誰よりも早く廻り合うのが、手習いの師匠なのである。

ほんの一時だけだが、羽を休められる小枝を見つけた。りつはそんな顔で、こくりとうなずいた。頼りなげな背中を見送って、ほっと息をつく。

「これから茂子先生にお会いするとは、りつには言えないわね」

りつに暇をとられたために、少し遅くなってしまった。萌は急いで須垣屋の暖簾をくぐり、頼んでおいた菓子折を受けとった。

今日、催されるのは、手習所の師匠たちが集まる、『五穀会』であった。

五穀会の名は、言うまでもなく護国寺から拝借したもので、会場は護国寺の真ん前、音羽町一丁目の『志水館』である。

志水館は、界隈では随一、江戸でも十指に入るほどの規模を誇り、筆子の数は百人を超える。教えるのは男子のみで、もともとは国村（くにむら）志水という学者がはじめた私塾であった。

志水は朱子（しゅし）学に秀で、本草（ほんぞう）学にも詳（くわ）しかった。その博学を学ばんと、江戸中から弟子が集まり、それが塾のはじまりである。最初は大人ばかりだったのが、そのうち年端（としは）のいかぬ者も増えてきて、子供のための手習所を併設するに至った。

とはいえ、銀杏堂のように、誰彼かまわず受け入れるわけではなく、学問の志（こころざし）の高い者に限られる。自（おの）ずと武家や医者の息子が多くなり、中には数千石（ごく）の旗本の子息も通っていた。あくまで噂（うわさ）だが、束脩（そくしゅう）や謝儀といった塾に支払う礼金も破格であり、ただしこれは決して志水館が阿漕（あこぎ）を働いているわけではない。志水館も他所（よそ）と同様に、束脩などを特に決めているわけではないのだが、需要が多ければ相場が上がるのも道理で、弟子やその親の気合が違う。いまは志水の孫の代になっていたが、代々、勤勉で人柄も真面目（まじめ）な家系であるようで、志水館の看板は盤石（ばんじゃく）だった。

音羽町の表通りではなく、一本西に入った裏通りに面してはいるものの、小ぶりな武家屋敷ほどもある、ひときわ構えの大きな町屋であり、すでに中からは賑（にぎ）やかな声がする。気後れしてしまい、萌は履物（はきもの）で埋め尽くされた玄関の前で、しばし立ち止まった。

ここに来たのは二度目になるのだが、嫁入り前の、たしか十八のときだった。おまえも話の種に一度くらいどうかと、承仙に誘われて、父のとなりで置物のようにかしこまっていた。もともと人の多いのは、苦手なたちだ。日頃、子供たちの相手をしていても、大人では勝手も違う。

ご近所や長屋の者たちなら気心も知れているのだが、萌にとってはいずれも先輩にあたる手習師匠が相手では、迂闊なことを口にして失笑を買いはしまいかと、いまでさえ、そんな心配が先に立つ。

このまま菓子折だけ置いて、帰ってしまおうか――。

つい、情けない考えが浮かんだが、そのとき家の中から声がかかった。

「もしや銀杏堂の……萌さんではありませんか？」

はい、と返事をしたが、すでに夕刻を迎えて薄暗い。相手の顔は見えなかったが、小ざっぱりとした身なりの男だった。

「この家の倅、露水です。以前、承仙先生とお見えになった折に、ご挨拶したのですが」

「これはご無礼いたしました」

志水館の四代目とわかり、萌は慌てて頭を下げた。初代を敬ってのことだろう、この家は代々、水の一字を受け継いでいる。いまの塾長は、志水の孫にあたる水翁で、露水はその息子だった。

「もう何年も前になりますし、覚えておらぬのもあたりまえです。どうか、お気になさらずに。さあ、どうぞお上がりください」

大きな塾の跡取りだというのに、尊大なところは微塵もない。気さくに中に招いてくれたが、萌はやはり土間で往生したままだ。

「私のような新参者には、場違いなようにも思えまして……今日はご挨拶だけに留めて、また出直した方がよいかとも……」

「何をおっしゃいます。この五穀会を立ち上げたのは、萌さんのお父上ではありませんか。娘のあなたが、遠慮なさることなどありませんよ」

「それは、そうですが……」

たしかにこの五穀会を発起したのは、三人の師匠だったときいている。

志水館の当代たる水翁と、春声庵の茂子、そして萌の父の承仙である。

三人は歳も近く、身近な学問仲間として、よく語り合っていた。これを広げ、若い者たちにもこのような場を設けてはどうかと、提唱したのは承仙だった。手習師匠には、師匠同士にしかわからぬ悩みや苦労がある。互いに口に出し相談すれば、少しは気持ちの捌け口にもなろうし、他所ではなかなか機会に恵まれない学問の話も存分に語り合える。

それから十八年のあいだ五穀会は続いてきて、いまは年に一度、正月の松がとれた時分に、志水館で催されるのが恒例となった。

「たぶん、萌さんが……いえ、いまは萌先生ですね。萌先生が前にいらした頃よりも、女師匠も増えておりますし、さほどしゃちほこばることはありませんよ」

と、露水は、土間に敷き詰められた履物を示した。たしかに、ずいぶんと女物の草履が目につく。ここ数年で、ことに女師匠が増えたとは、美津の言ったとおりだった。

「それに、話なぞそっちのけで、ただ酒を呑みにきただけの輩もおりますし」

そのとき間合いよく、奥の広間から見知った髭面が覗き、大きな声がかかった。

「おおい、露水、酒が足りんぞ！　早うもってこんか！」

「まあ、椎葉先生！」

「おお、萌先生か。遅いお着きだな。先にはじめておったぞ」

椎塾の師匠、椎葉哲二だった。両手に空の一升徳利をぶら下げて、すでに上機嫌である。

「まだはじまって間がないというのに、おまえは呑み過ぎだぞ、哲！」

「江戸に名高い志水館の四代目が、ケチくさいことを言うな。貧乏師匠にとっては、年に一度、存分に酒が呑める滅多にない折なのだからな」

「うちは居酒屋ではないわ！　少しは遠慮せんか」

文句を言いながらも、露水は椎葉から受けとった徳利を門人に託した。百を超す塾生がいるだけに、水鶯と露水の親子ふたりではとても間に合わない。優秀な門人を、師匠として何人も抱えていた。

「萌先生も、哲……いや、哲二先生とお知り合いでしたか」

「はい、うちに時折、書物を借りにいらっしゃいますから」

「そういえば哲二先生は、承仙先生に可愛がられておりましたね……少々、うらやましく思えました」

「なんだ、露水、おまえも銀杏堂に通いたいのか？　おれが今度、連れていってやろうか」

「哲二先生、少し黙ってくれませんか。私は萌先生と、お話ししているのです」

「なにが哲二先生だ、いまさら気取る仲でもあるまいに。おまえに先生などと言われると虫唾(むしず)が走るわ」

「哲！　その口の悪さは、どうにかならぬのか、この酔っぱらいが！」

まるで子供同士の喧嘩(けんか)である。若いのに大人びた印象の露水が、椎葉相手に本気で突っかかっていく。思わず、くすりと笑いがこみ上げて、気づいたように露水は赤くなった。

「これは、お恥ずかしいところを……」

「おふたりは、仲がおよろしいのですね」

「哲とは、腐れ縁です。昌平黌(しょうへいこう)で、机を並べていた時分からのつき合いで」

「そうでしたか」と、萌は少なからず驚いた。

昌平黌とは、湯島(ゆしま)にある昌平坂(しょうへいざか)学問所のことだ。もともとは代々幕府の大学頭(だいがくのかみ)をたまわる林家(りんけ)の私塾が母体となっており、湯島に孔子廟(こうしびょう)が開かれてから、寛政(かんせい)の改革の折、正式に幕府の学問所となった。昌平坂の名も、儒教の祖である孔子(こうし)の生地、昌平郷(ごう)にちなんでいる。当初の建前は、直参(じきさん)の旗本・御家人(ごけにん)、およびその子息のためとされていたが、地方の藩士や浪人、また町人の聴聞(ちょうもん)も奨励されていた。

歳は椎葉の方が四つ上になるそうだが、ちょうど同じ時期に昌平黌に通い、つき合いはかれこれ二十年になるというから気心も知れているのだろう。

「そういうお仲間がいらっしゃるとは、うらやましゅうございます」

「きっとここでなら、萌さんもお仲間を見つけられましょう。そのための五穀会ですから」

「言うておくが、萌先生は見かけによらず、たいそうなうわばみだ。銚子一本で真っ赤になるおまえでは、太刀打ちできんぞ」

横合いから椎葉がよけいな口を挟み、萌が赤面する。

「椎葉先生！　私はうわばみほどはいただきません！」

「哲！　おまえはまた、よけいなことを！」

首をすくめながら、椎葉が急いでその場を退散する。

「萌先生は、あちらにどうぞ。歳の近い方ばかりですから、気後れなさることはありませんよ」

露水は親切に、座敷のひと隅にかたまっていた三人に、萌を紹介してくれた。

いずれもこの座では若手に見える三人の女師匠で、格好からするとふたりは武家だった。それぞれ田中郁と、東雲幸と名乗った。

「お久しゅうございますね、萌さま」

「ご無沙汰（ぶさた）しております、郁さま。師匠としては新参者ですが、どうぞよしなにお願いいたします」

田中郁とは、萌も面識がある。三十路（みそじ）にさしかかったくらいの浪人の妻で、十年も前から、小日向水道町にほど近い関口（せきぐち）水道町に手習所を開いている。もうひとりの東雲幸は、萌よりも若く、父親はさる藩に抱えられているが、それだけではとても暮らしが立たない。長女である幸が、四年前から手習いを教えながら家計を支えているようだ。

「それにしても、ここまで女子が多いとは、思いませなんだ。私が小日向を離れているあいだに、ずいぶんと増えたのですね」

座敷を見渡して、ついため息した。座敷には十五、六人ほどが、てんでに車座（くるまざ）になって話に興（きょう）じているのだが、数えてみると女子の方がわずかに多い。田舎（いなか）ではまだまだ男師匠が幅を利（き）かせているそうだが、京坂とことに江戸では、女師匠の数は増え続けていて、男師匠を凌（しの）ぐほどだという。

言うまでもなく江戸は武家の町であり、郁や幸のように教養のある女性は数多（あまた）おり、また町屋の娘たちも、幼いころから習い事に精を出し、花嫁修業として武家屋敷で数年奉公する者も多い。作法や学問を身につける機会には事欠かない。

この場にいる太物問屋の娘、『讃岐屋』のお秋も、その口のようだ。

「本当に、このところ雨後の筍のように手習所の数が増えるばかりで。おかげで筆子の数が、さっぱり増えなくて」

「秋先生、それは私の台詞ですよ。私から見れば、あなたも雨後の筍のひとつなのですからね」

郁が釘をさすと、お秋はぺろりと舌を出す。歳は萌よりも少し年嵩のようだが、町屋の出も手伝って、お秋ははずむように快活だった。讃岐屋の内に手習所を開いてから、まだ一年ほどだという。萌は嫁入り前から、父の仕事を手伝っていた。たしかに年季で数えれば、萌よりも新参者だ。

「私もね、萌先生と同じ出戻りなのよ。でも実家に帰ってみれば、兄嫁が大きな顔をして、私なぞ邪魔者扱いだもの。当てつけもあって、手習所を開いたのよ。兄嫁はしっかりものだけれど、小店の娘だから学はあまりないのよ」

「仮にも子供を導く立場だというのに、そんな言い草がありますか」

郁が呆れたように返し、幸もとなりで苦笑する。幸は大人しい性分のようで、郁とお秋の応酬をおっとりとながめていた。

「あら、私、子供はとても好きなのよ。前の亭主が病(やまい)がちで、子供も儲(もう)けられぬまま早死にしちまって、どんなにがっかりしたことか」

ついていきようもないほどの早口だが、それでも萌は、どこか痛快なものを感じていた。子を授からぬまま婚家を出た――その境遇は同じなのに、お秋の口ぶりには、自身への負い目が少しも感じられない。夫が病弱だったという理由もあるだろうが、やはり子が望めないのは女の恥とする古い固定観念が、いつの間にか萌の身にもしみついていた。お秋には、そんな憂(うれ)いなぞ微塵もない。

「萌先生が、捨子を拾った話はきいているわ。音羽町界隈(かいわい)でも噂になっていたもの」

「捨子ではなく、いまは私の娘です」

いささかむっとして言い返しても、お秋は屈託(くったく)ない。

「ごめんなさい、そう怒らないで。ちょっと、うらやましいなと思えたのよ。私もやっぱり教えるだけじゃなしに、母親になりたいもの」

「あなたも里子を迎えるつもりなの？」と、郁が意外そうな顔をする。

「それもいいけれど、やっぱり嫁いで我が子を産みたいわ。だって、この先死ぬまでひとり身なんて寂し過ぎるもの。五穀会に来ているのも、そのためですからね」

「そのためとは、どういう……？」

わけが呑み込めない萌に、ふふ、と幸が笑う。

「秋先生は、志水館にお嫁入りなさりたいんですって」

幸が目で示した方角に顔を向けると、客と談笑する露水の姿がある。露水は今年三十三だが、学問ばかりに熱心で、未だに嫁を迎えていないと、お秋が講釈する。

「あのとおり男ぶりもよろしいし、真面目で穏やかと、非の打ちどころがないでしょ？　何より、番付にも毎回載るほどの、江戸で名の知れた私塾の跡取りですもの。嫁ぎ先としては、これ以上ない良縁だと思わない？」

「あの厳格な水鶯先生が、あなたのようなお気楽な嫁を迎えるとは、とても思えませんけどね」

「あら、嫁ぐ相手はお父さまではなく、露水先生ですもの。当人同士が良ければ、何の障りもないでしょ？」

郁の皮肉も、お秋はどこ吹く風だ。町人と言えど、お秋はひと角の家の娘だ。縁談は親同士が決めるもので、惚れた腫れたなど二の次のはずだが、お秋は違うようだ。

「露水先生には、そんな気はなさそうに見えますけどね」

「これから、その気にさせればいいのよ。というわけで、ちょっと行ってきますわね」

お秋は軽やかに腰を上げ、露水のとなりに座を移した。呆気にとられる萌の横で、郁はやれやれとため息をつく。

「悪い人ではないのだけれど、師匠にしてはあまりに迂闊で」

「でも、ああまで開けっ放しなら、かえって嫌味もありませんものね」

ふふ、と幸が笑う。自分から殿御にくどき文句を仕掛けるなぞ、逆立ちしてもできそうにないが、何物にもとらわれない自由な姿は、萌にはひどくうらやましく映った。

「そういえば、先ほど番付の話が出ておりましたが、萌さまのお父上の承仙先生も、何度かお名が挙がったそうですね」

お秋の談義が一段落すると、幸が話題を変えた。

「昔の話ですし、ほんの二、三度、末席に加えられたに過ぎません」

謙遜だけではなしに、父の承仙も母の美津も、番付のたぐいを好まなかった。

こんなもので、師匠の優劣が量れようはずがない――。

銀杏堂の名が記されたときですら、承仙はそう言って、番付に目もくれなかった。それもあって、萌自身もほとんど目を通していない。

「たしかに当の番付にも、『優劣ヲ論ゼズ』とありますものね」

「それでも、一度名が挙がれば、十年は筆子に困らないといいますからね」

萌の話を受けて、幸と郁が番付について語り合う。

番付とは、「私塾・寺子屋番付」である。もとは相撲(すもう)が出所だが、江戸っ子はおしなべて番付好きで、名所や温泉、料理屋から、人気の遊女や茶屋娘まで、とかく番付にとびつくものだ。

私塾や手習所も例外ではなく、昨今は毎年のように八月に番付が刷(す)られ、江戸中から二百五十人ほどの師匠が名を連ねる。志水館はその常連で、水鶯先生の名は、いちばん上段に必ず記されていた。

「江戸の手習所は、いまでは千をとうに超して、千二、三百はあると言われておりますから。えらぶ親にとってみれば、格好の手引き書になるのでしょうね」

この辺りは武家屋敷と寺が多く、町屋はさほど広くない。小日向界隈と音羽町くらいに限られて、それでも手習所の数は二十に届くほどもある。町屋の多い神田や深川となれば、優に百を超すと、郁の口から教えられた。

先程のお秋の文句も的を射ており、手習所の数は近年どんどん増えていて、そのぶん皮肉なことに、ひとりの師匠が抱える筆子の数は減っているのだった。

「志水館を除けば、この界隈ですとやはり、春声庵のお名が高いわね。やはり承仙先生同様、少し昔になりますが、何度か番付の中に茂子さまのお名がありました」

郁が言って、座敷の上座の側に顔を向ける。座敷の内ではもっとも年季の入っていそうな顔ぶれが四人そろっていて、そのうちひとりだけが女性である。あれが春声庵の茂子かと、萌は認めた。承仙は親しくしていたが、茂子が銀杏堂を訪ねてきたことはなく、顔を見るのは初めてだった。七年前に萌が五穀会に顔を出した折は、風邪を引いたとかで茂子は参席していなかった。

思っていたよりもずっと大柄で、決して太っているわけではないのだが、肩が張っているせいか立派な体格に見える。あの堂々とした師匠の前では、りつがすくんでしまうのもうなずける。

「私、茂子さまに伺いたきことがございました。ご挨拶して参ります」

元師匠としての役目を思い出し、萌はふたりに断りを入れて座を立った。

「お初にお目にかかります。銀杏堂の萌と申します」

茂子の前でていねいに頭を下げたが、にこりともしない。むっつりとした厚ぼったい表情は、間近で見ると何とも厳めしい。御殿勤めの典雅さはあまりなく、長年屋敷内を差配してきた女中頭のような風情が勝っていた。

「あなたが承仙先生の……お父さまからは父親似と承っておりますが、あまり似てらっしゃらないのね」

眼光鋭く、じろりと睨めつけられて、身の縮む思いがする。りつが怖がるのも無理はない。それでも怯えた小さな顔を思い出し、なけなしの勇気をふり絞る。

「あの、りつや小弥太郎が、お世話になっております。ふたりのようすは、いかがでしょうか？」

りつの訴えはおくびにも出さず、あくまで元の筆子のようす伺いのふりでたずねたが、

「いけませんね」

と、切り口上の厳しいこたえが返された。

「小弥太郎は、読みが苦手のようですね。『論語』の初歩でつまずいていては、先が思いやられます。りつは読みは達者ですが、字をまったく覚えようといたしません」

銀杏堂では、いったいどういう教育をしていたのかと、責められているのに等しい。ひと言も返せず、萌は肩をすぼめて黙って拝聴するしかなかった。

小弥太郎は、小日向に近いさる藩邸の御長屋住まいで、父親は小禄ながら武士である。孔子の教えを説いた『論語』は、手習所には欠かせぬ教材で、ことに武家の男子には必須とされる。小弥太郎は頭は悪くないのだが、気が移りやすく長いことじっとしていられない。『論語』はことに嫌いなようで、さっぱり進んだようすがなく、かねてから父親は心配していた。銀杏堂の師匠が承仙から娘に代替わりしたのを機に、厳しいことで評判の春声庵に預けてみようかと宗旨替えに踏み切ったのだ。

「ですが、何よりいただけないのは、どちらも礼儀作法がなっていないことです。小弥太郎は落ち着きに欠け、りつは挨拶もろくに言えません。もう少し、手綱を締めるべきではありませんか？」

「りつも小弥太郎も、まだ九歳と子供ですし……」

「幼い折から、きちんとしつけることこそが、手習師匠の務めというものです」

精一杯の反論も、ぴしゃりと封じ込められる。

「親が私たちに子を預けるのも、そのためです。ある種、学問は二の次。世間の中で自らの身の置き所を見つけるための第一歩は、礼儀です。いかに才に富もうとも、礼を知らぬままでは、その才を腐らせるのみ。幼きうちからしつけてこそ、身につくものでしょう」

茂子の言うことは、筋が通っている。たしかに礼儀作法は、読み書き算盤以上に大事なものだ。大方の家では、親は衣食の世話だけで手一杯。長屋住まいならよけいに、作法なぞ仕込みようがない。だからこそ番付とにらめっこしながらより良い師匠を探し、たしかなしつけを期待して、我が子を託す。

「もしや萌さんは、教え子に好かれようとしていませんか？」

「……え？」

「子供の機嫌伺いをしているようでは、師匠の務めは果たせませぬよ」

真上から雷を落とされたような気がした。決して派手な音を鳴らすのではなく、静かで、とても鋭い雷だ。そのぶん深くからだに刺さり、手指の先にまでしびれが広がる。

「人を甘やかすのは、己を甘やかすこと。甘い教えは、その子のためになりません。むしろ憎まれ役を買ってでも、当人のためになるのなら良しとすべきです。やさしいだけで芯のない教えは、駄菓子と同じです。滋養にはなりません」

雷の余韻を受けながら、萌はひと言も返せぬまま、ただうなだれていた。

自分の教えには芯がない。子供の機嫌とりをしているだけだ――。

会って間もないうちに、師としてはあまりに頼りない萌の本質を、茂子は暴いていた。

雷雲が覆ったままの不穏な空気に、のんびりとした声が割ってはいった。

「駄菓子とは、言い得て妙ですなあ。さしずめ私は、花林糖ですかな?」

「……椎葉先生」

茫洋とした髭面をちらと見遣り、茂子はあからさまなため息をつく。

「あなたの場合は、色云々以前に、酒に浸かってふやけているではありませんか」

「さすがは茂子先生、これはまた上手いことを。酒を絞ってから、出直すといたしましょうか」

椎葉がその場から萌を連れ出して、少し離れた別の輪に座らせる。露水やお秋も交じっていて、一様に同情を寄せる。

「気にすることはありませんよ、萌先生。あの方は誰に対しても、ああですから。若い者には、特に手厳しい」

「そうそう。私なんて、あの三倍は小言を食らったわよ。あれくらいなら可愛いものよ」

　励ましの言葉すら、いまはかえって痛い。悄然としたままの萌に、椎葉はぐい呑みをさし出した。

「憂さ晴らしは、やはりこれに限るからな。さ、萌先生も一献」

「いただきます！」

　半ば自棄になって、萌はぐい呑みの中身をひと息に干した。

「哲、あまり無理をさせぬ方が……」

「あら、たまにはいいじゃありませんか。女子にだって、呑みたいときはございますよ。ね、萌先生」

　露水はやんわりと止めたが、お秋は面白がって、さらに萌の杯に酒を注ぐ。

　甘いはずの酒が、水のように味がしない。勧められるまま三杯ほど重ねたが、気持ちは少しも晴れなかった。察したものか、となりにいた椎葉が声をあげた。

「ちと、酒の肴が足りぬようだな。年の初めでもあるし、ひとつ歌会始でもいたすとするか」

その場の皆が賛同し、田中郁や東雲幸ら、周囲にいた者たちも加わった。

「お題は、何がいいか？」

「やはり、お正月らしいものが良いのではなくて？　初日、初富士、初詣……」

「それでは俳句の季語であろう。正月とはいえ、松もとれた時分にはいささか」

「初春ということで、春を題にしてはどうですか？」

「年のはに　春の来たらばかくしこそ　梅をかざして楽しく飲まめ、ですわね」

露水の案に、打てば響くようにお秋が応えた。ほう、と感心する声があがる。

これからも春が巡ってくるたびに、このように梅をかざして楽しく飲もうではないか、という意味で、まさにいまの席にふさわしい。『万葉集』の野氏宿奈麻呂の歌であった。

「秋先生はこう見えて、歌だけはよくたしなんでおりますものね」

「まあ、郁先生、こう見えてはよけいですわ。とはいえ、やはり茂子先生にかかると、私なぞ形無しですけれどね」

「茂子さまは、歌の心得もひときわ深いと評判ですものね」

お秋の愚痴を、幸がおっとりと受ける。茶碗ほどのぐい呑みをあおって、椎葉哲二がすかさずおどけた。

「春の声　厳し過ぎるが玉に疵　春雷のごとく我に落ちなば、だな」

「それではまるで、狂歌ではないか」

露水の呆れた声に、わっと笑いが満ちた。しかし茂子にじろりとにらまれて、一同がたちまち首をすくめる。それが何やらおかしくて、萌もつい笑ってしまった。力が抜けたとたん、軽くなった胸から、ふっとその考えが浮かんだ。

「そうだわ……りつもそうすればいいんだわ」

萌のひとり言がきこえたようだ。となりにいた椎葉が、顔を向けた。

「何か、良い思いつきでも浮かばれたか？」

「はい、少なくとも、あの子のためになるはずです」

仔細はきかず、そうか、と髭面をほころばせ、それから萌の方を見ずに呟いた。

「やわらかい芯というのも、悪くはないとおれは思うがな」

「……やわらかい芯、ですか？」

「さよう。毅然と立つ硬い芯からすれば、あちらこちらに曲がり頼りなくも見えようが、それだけ子供たちに近い場所で、寄り添うてやることができる……そんな芯もあって、よいのではないかと」

「子供に寄り添うていける、やわらかで自在な芯……」

口にしたとき、ぽっと火が灯るように父の顔が浮かんだ。大らかで朗らかな気性の承仙もまた、茂子にくらべれば、教えも子供のあつかいも柔軟だった。どちらが良いというわけではなく、どちらも在ることが大事なのだ。萌も郁も幸もお秋も、椎葉も露水も、いや、ここにいる者がすべて違う芯をたずさえていたとしても、決して悪いことではないはずだ。

それは江戸の教育の、豊饒に繋がる。ひいては国中の学びをも牽引しよう。

萌の芯は芽吹いたばかりで、まだまだ小さくて当てにならない。それでも、さっきまでの心細さは薄らいでいた。自分と同じ小さな芯をもつ仲間が、ここにはいるからだ。

「私は、子供たちと一緒に、己を育てていきたい。いまの私にできるのは、それだけです」

晴れやかな顔に、椎葉が目を細める。

「たとえつまずいても、また前を向いて歩いてゆける。その力があるうちは、心配はいらぬよ」

椎葉は徳利を突き出して、萌の杯になみなみと注いだ。

「世の中に　粗忽（そこつ）の師匠なかりせば　春の心はのどけからまし」

誰かが詠（よ）んだ狂歌に、ふたたび座がどっとわいた。

「歌、ですか？」

りつが不思議そうな顔で、こちらを見上げる。

五穀会の翌日だった。萌は夕刻に、書物問屋の酉井屋を訪ねた。

「ええ、そうよ。りつは物語だけでなく、歌も好きでしょう？　百人一首は、すべて覚えているのよね」

はい、とりつが素直にうなずく。

「それなら今度は、歌を作ってみない？　一日一首、お題は漢字のお手本からとるの」

未だに腑（ふ）に落ちない表情ながらも、りつは漢字の手本を出してきて、開いてみせた。茂子が手ずから拵（こしら）えたものらしく、流麗な書体が並んでいた。

「たとえば最初の字は……りつなら読めるでしょ？」

最初に書かれていた、「端」という字を指で示した。

「ハです。ハシともタンとも、あとツマとも読みます。端っこのことです」

読みが達者なだけに、りつは淀(よど)みなくこたえる。

「じゃあ、どんなものの端っこか、思いつける？」

「うーんと……障子(しょうじ)の端(はし)、庇(ひさし)の端、畳の……でも、畳は縁(へり)ですね。あとは端切(はぎ)れと……あれ？　もしかして、端午(たんご)の節句の端かな？」

「そう！　よく気がついたわね。あと、正月の異称の端月(たんげつ)も、同じ字なの」

「そうなんですか！」

こういうことには、ぐっと興を示す子供だ。先刻まで素っ気(そっけ)なく思えた端の字が、急に身近に思えたのだろう。りつは目を輝かせながら端の字に見入っている。

「端午や端月なら、たやすく歌にできそうよね。どう、りつ？」

「はい、やってみます」

かわいらしく小首をかしげながら、懸命に歌をひねり出す。やがて、できました、と声があがった。

「こいのぼり　端午の風にひらひらと　まう姿こそ勇ましきかな」

「五月の風になびく鯉のぼりが、見えるようね。とてもいい歌だわ、りつ！」

「ひらひら」と「勇ましい」では、しっくりこない感もあるが、九歳の子供にしては上出来だ。心から萌が褒めると、りつは少し照れくさそうに、にんまりした。

「この句を、手本を見ずに書けるようになれば、端午だけじゃなしに、風も姿も勇も覚えるでしょ。それに、こいのぼりの鯉と、まうの舞、と」

萌は筆で、仮名の横に書き入れてやった。

「ほら、この句をちゃんと筆で覚えたら、端だけじゃなく他に五つも覚えられるのよ」

「本当だ……」

毎日、手本の中の文字を使って歌を作り、その歌を通して漢字を理解するよう萌は勧め、りつも大いにそそられたようだ。本来なら歌を作るなぞ、九歳の子には七面倒くさく難儀だろう。子供のうちは、ただくり返し書かせるだけで覚えもしようが、読みに長けたりつには向いていない。なまじ文の意味を素早く捉えられるだけに、意味がわからないと頭に入ってこないのだ。けれど端午の端だと理解しさえすれば、たちまち吸いつきがよくなる。己で作った歌なら、よけいに忘れ難いものとなろう。

「これを、そうね……五首仕上げたら、茂子先生に見せてごらんなさい」

「……茂子先生に？」

「そうよ。もし、よくわからない字が出てきて、歌にできそうもなかったら、それも先生にたずねてみるのよ」

「萌先生じゃ、だめですか？」

不安そうなりつに向かって、萌はできるだけ朗らかに微笑んだ。

「いまのりつの先生は、茂子先生でしょ？　大丈夫！　たしかに厳しいお方だけれど、りつの頑張りを、無下にされるようなお師匠さまではないわ。りつの方から、教えを乞うてごらんなさい。きっと応えてくださいますよ」

いちばんの目的は、茂子とりつのあいだの垣根を、少しでもとり去ることだ。歌に造詣の深い茂子なら、きっと良い助言をしてくれる。怖い師匠ではあっても、茂子は決して心ない人間ではない。

昨晩、五穀会の帰り際、萌はもう一度、茂子のもとに挨拶に行った。今度は物怖じすることなく、茂子の目を見てしっかりと告げた。

「茂子先生、本日はありがとうございました。決して機嫌をとるだけでなく、子供のためになるのなら、時には憎まれることも厭うなと。先生のお教え、しかと肝に銘じました。私はまだまだ日が浅く、甘いところも多うございますが、いま以上の覚悟をもって教えにあたりたいと存じます」

　子供ばかりでなく、萌たち若い師匠にも、茂子はやはり厳しい。けれどもそれは決して嫌味や意地悪ではなく、何よりの金言だ。鋭い針をとり去ってみれば、先々を照らしてくれる輝きをもつ、明るく確かな励ましなのだった。

　年を重ねるにつれ、叱ってくれる者はいなくなる。そんな中、あえて憎まれ役を買って出る茂子の度量の大きさが、いかに貴重か。会の途中で気づいたからこそ、萌はその決意を茂子に告げた。

「至らぬことがありましたら、これからもどうぞ、厳しくご指南くださりませ」

　心をこめて、頭を下げた。顔を上げると、やはり厳めしいままの茂子がいたが、こたえた声からは刺々しさが抜けていた。

「あなたは案外、お母さまに似てらっしゃるのかもしれませんね」

「母に、ですか?」

「ええ。承仙先生は、大らかが過ぎて少々いい加減なところがありますが……」

旧知の仲の父のことは、遠慮なくこき下ろす。

「美津さまは、誰よりもしっかりとした芯をおもちの方です。あのお母さまを手本になされば、間違いはないでしょう」

母を褒められて、嬉しくないはずがない。はいっ！　と大きな声で返事して、茂子は満足そうにうなずいた。

萌に応えてくれた茂子なら、りつにもきっと応えてくれる。勇気を出して歩み寄ろうとする教え子を、邪険にするような真似はすまい。

小さな両手を励ますように握りしめると、ようやくりつが顔を上げ、はい、とこたえる。

折よく外から、鳥の声がした。

「あ、うぐいす！」

りつと一緒に縁に出てみたが、どこか他所の庭で鳴いているらしく、薄緑色の小鳥の姿は見えない。季節の初めのせいか、けきょ、けきょ、と鳴き方も頼りなかった。

春が深まれば、いつか見事な歌声をきかせてくれるに違いない。りつも、そして萌もまた、同じ若い鶯だった。

「まさに、春の声ね」

まだ少し早い春の音色に、師弟はしばし耳をすませた。

五十（いそ）の手習い

「少し見ぬ間に、桜の蕾もすっかりふくらんで……何だか、浦島太郎にでもなったようね」

まだ華やかさに欠ける桜の梢を仰いで、母の美津がため息する。

萌の背中で美弥が、あーうーと幼い声で応え、まるで祖母を真似るように、小さな手を母の肩越しに上へと伸ばす。

「浦島太郎だなんて、母上にしては大げさな」

「結局、二十日ほども、家に籠もる羽目になりましたからね。知らないうちに、春が駆け足で通り過ぎてしまって、少しばかり損をした気分なのですよ」

「桃も桜も、これからですもの。春はまだ、過ぎておりませぬよ、母上。美弥の初節句も、控えておりますし」

三月朔日。桃の節句は二日後だった。

春もたけなわ。人々がもっとも浮かれる時節だというのに、江戸には未だに、濃い影がそこここに落ちていた。

正月半ばから二月にかけて、江戸では悪い風邪が流行った。たいそう熱が高じる上に、咳もひどい。長引くと喉や肺腑をやられるという厄介な風邪で、繁華で知られる両国広小路ですら、いっときは閑古鳥が鳴いたなどと風聞が流れるほどに、多くの者が床に就いた。

美津もこの風邪にやられ、十日余りも床に臥せった。常にしゃんとして、寝付くことなど滅多にない。日頃は丈夫を自負していただけに、なかなか床上げに至らぬことには、萌も大いに気を揉んだ。美弥を乳母に任せ、つききりで看病に当たった。

「こんなところで油を売っていて、銀杏堂の方は大丈夫なのですか？」

気丈な美津は、熱が下がると早速、そんな叱責を娘に与えていたが、そのころには銀杏堂も、子供たちの数が半分にまで減ってしまい、やむなく休みにせざるを得ないありさまだった。

美津は熱が引いてからも咳が治まらず、食欲もさっぱり戻らない。ようやく床上げに至ったものの、日頃の暮らしをとり戻すまでには、さらに十日ほどを要した。

今日は病本復のお礼参りに、久方ぶりに親子三人で、目白不動に詣でたのである。

　となりを歩く母をながめ、改めて萌は胸をなでおろした。

「ご快癒召(かいゆめ)されて、本当にようございました」

「おまえにも、心配をかけましたね。それでも、美弥に移さずに済んだことだけは幸いでした。ねえ、良かったわね、美弥？」

　孫の頬(ほお)をやさしくつつき、ふたたび美弥が、あぶう、と機嫌よく返事する。このところ、名を呼ぶと顔をふり向けるようになった。まだ、ひと歳(とせ)も過ぎていないはずだが、すでに「みや」という音が、自分の名だとわかっている。

　美津は滅多に見せぬ優しい面持(おもも)ちで、孫に微笑(ほほえ)んだ。赤子の成長が嬉(うれ)しくてならないのは、母も祖母も変わりない。

　昨日、乳母のお里が、おかしそうに教えてくれた。

「二十日ぶりにいとさまと会われて、きっと存分に可愛(かわい)がりたかったんでしょうね。私に買い物を言いつけて、しばしふたりきりでいらしたのですよ。帰った折にそろりと覗(のぞ)いてみましたら、それはもうとろけんばかりのお顔をなさっていて」

　邪魔をするのもはばかられ、ふたたび外に出てもうひとまわりしてから、もっともらしく帰ってきたと、笑い話のように語る。日頃は少々無理をしてでも威厳を繕うような母なのだが、病を得て、やはり気弱になっていたのか。赤ん坊のたしかな温もりが、何よりも有難かったに違いない。

萌の胸が、つきりと痛んだ。こんなふうに、元の姿に復することのなかった家族が、萌の周りにもいるからだ。

この流行り風邪で亡くなったのは、江戸だけでも千人に上ると言われる。千人の中のひとりが、銀杏堂に通う、信平の父親だった。

萌が銀杏堂を再開したのは四日前、七日ぶりのことだった。

集まった筆子をながめわたし、子供たちが事なきを得たことに、萌は何よりも安堵した。命を落とした者は、やはり年寄りや子供が多かったからだ。

まだ農閑期にあたる時期でもあり、大方が顔をそろえていて、久方ぶりに皆と会えるのが、やはり嬉しくてならないようだ。誰もがはちきれんばかりに元気いっぱいで、いつも以上に騒々しかったが、ひとりだけ欠けた顔がある。

「信平のようすは、どうです？　吾助、何かきいていて？」

家や歳が近く、いっとう仲のよい筆子に、萌はたずねてみた。

「今朝、迎えにいってみたけど、まだ手習いには通えないって、信ちゃんが」

「そう……お父さんを亡くしたばかりだから、無理もないけれど……」

信平は十歳。吾助はひとつ下の九歳で、ともに桜木町に住んでいる。信平の父親は、味噌の担ぎ売りをしていた。

重い味噌を、天秤棒で売り歩く仕事だ。からだも人並み以上で、まだ三十そこそこ。よく日に焼けて壮健そのものに見えたのに、呆気なく他界してしまった。

「人の生き死にばかりは、本当にわかりませんね……私のような年寄りが永らえて、若い者が浄土に召されるなんて……」

通夜に行く仕度を整えていた萌を、床の中から美津は憂いをたたえた眼差しで見送った。信平の父親が亡くなったのは、二月半ばのことだった。

母親のおあさは、まだ三十にも達しておらず、萌ともさほど年の差がない。突然の夫の死が、未だに信じられないのだろう。通夜も葬式も茫然自失の体で、長男の信平も、すでに散々泣き明かしたような真っ赤な目をしながらも、健気に涙をこらえていた。

しかし、いざ棺桶が運ばれる段になると、母親の姿が一変した。棺にすがって泣き崩れ、どうしても離れようとしない。信平も、堰を切ったように泣き出して、四つと三つになったばかりの年子の弟妹も、母親の腰にしがみついて大泣きする。

参列者の誰もが涙を誘われて、女たちのあいだからはすすり泣きがもれた。

「父ちゃん！　行かないでよう、父ちゃ――ん！」

萌もまた、教え子の切ない声に、からだ中を切り裂かれるような思いを味わった。

思い出すだけで、涙が滲んでくる。父親の死から半月、信平は未だに銀杏堂に顔を見せていない。お参りを済ませると、萌は母に言った。

「桜木町は、ちょうど通り道になりますから。私、信平のようすを見てこようと思います。美弥をお願いして、よろしいですか？」

信平の家は、目白不動から銀杏堂への途次にあたる。快く承知した母に美弥を託し、途中で別れた。通夜と葬式に出向いたから、場所は覚えている。桜木町は、音羽町九丁目のとなりに東西二町あり、その東側に、信平の住まう長屋があった。

木戸を潜ると、井戸端にふたつの見知った顔があった。いずれも同じ長屋に住まうかみさんたちで、先日の弔いの折に挨拶を交わした。萌が親子のようすをたずねると、女房たちは、困り顔を見合わせて首を横にふった。

「おあささんは、すっかり参っちまってねえ。まだ半月しか経っちゃいないから、無理もないがね。いまじゃ己の方が病人のようなありさまで、寝たり起きたりしているよ」

「代わりに信坊が、おっかさんや妹弟の面倒を見ていてね。お足も早々に底をついちまったみたいで、何か子供にできる仕事はないかと、大家さんに相談していたみたいだよ」

思っていた以上の困窮ぶりに、萌は声も出ない。ひとまず女房たちに礼を述べ、信平の長屋の戸を叩いた。

「萌先生！　来てくれたんですか！」

当の信平は、案外元気そうで、萌はほっと胸をなでおろした。それでも、わずか半月のあいだに、どこか面変わりして見える。

「信平、からだは大丈夫？　少しやせたのではなくて？」

「おいらは平気だよ。妹と弟も。……ただ、母ちゃんだけは、具合が悪くって……」

戸口のやりとりが届いたようで、粗末な枕屛風（まくらびょうぶ）の陰から物音がした。

「これは萌先生……こんなむさ苦しいところに、わざわざお出（い）でいただいて」

信平が枕屛風をどかせ、床に起き上がった母親が、丁寧（ていねい）に頭を下げる。見る影もないほどにやつれきっていて、半月のあいだに、一気に十も老（ふ）けたかのようだ。

睦（むつ）まじい夫婦かと思いきや、案外、派手な喧嘩（けんか）もしょっちゅうやらかしていたと、葬式の席で近所の者たちからきいていた。夫とは喧嘩すらできなかった萌にしてみれば、どこかうらやましくも思えた。

喧嘩するほど仲がいい、そういう夫婦だったのだろう。こんなに早く連れ合いを亡くすとは、ちらとも思い描いていなかったに違いない。その慟哭（どうこく）を体現しているようで、痛ましくてならなかった。

「どうぞ、お気遣（きづか）いなく。今日は、信平のようすを見にきただけですから」

ありきたりな慰（なぐさ）めすら、かけるのもはばかられ、母親にはそう告げて饅頭（まんじゅう）の包みをさし出した。手土産（てみやげ）にと、目白不動の門前で求めたものだ。四つの妹と三つの弟が、たちまちわらわらと集まってきて、旨（うま）そうに頬張っている。その姿に目を細め、萌は暇（いとま）を告げた。

信平が、木戸の外まで見送りに出てくれる。

「まだ当分、手習いには来られそうにないわね」

「うん……」と、信平は下を向く。少し逡巡してから、その顔を上げた。

「おいら、銀杏堂には、もう通えねえと思います」

井戸端で、かみさん連中から仔細をきいたときから、覚悟はしていた。それでも、子供のきっぱりとした口調が、より重く萌には響いた。まるで槌で叩かれたみたいに、胸が苦しくなる。

「お父さんの代わりに、信平が働くの？」

「うん。母ちゃんはあんなだし、うちにはもう米粒ひとつないし」

「働き口は、見つけたの？」

「大家さんが探してくれて、玉子売りをすることになったんだ。小日向に鶏を飼っているお百姓がいて、うで玉子にすると、護国寺の門前辺りでよく売れるって。そろそろ田んぼが忙しくなるころだから、代わりにおいらに任せてくれるって」

ちょっと得意そうに、胸を張る。父親の代わりに、母や弟妹を支えていかねばならないと、気負っているのだろう。思ったより元気そうに見えたのも、その張り故(ゆえ)かもしれない。

「銀杏堂に行けなくなるのは、残念だけど……」

決して学問好きとは言えぬまでも、特に不出来な子供ではない。吾助や仲間たちと離れてしまうのが、寂しくもあるのだろう。

「信平、月に一度でもいいわ。暇を見つけたら、銀杏堂にいらっしゃい。少しずつでもいいから、手習いをやめてほしくはないのよ」

「うん……ありがと、萌先生」

信平はそう微笑んだが、おそらく来ることはあるまいと、萌にはわかっていた。

いまは当人ですら気づいていない。信平も、また銀杏堂に行くこともあるだろうと単純に考えているのだろうが、暮らしを立てるのは、大人ですら大変なことだ。ましてや子供ではなおのこと。仮に暇は作れるにせよ、手習いに費(つい)やすだけの気持ちのゆとりが失(う)せるのだ。これまでにも、同じような子供たちを何人も見てきた。

己の無力さを思い知らされるのは、こういうときだ。それぞれの家の事情ばかりは、一介の手習師匠には、どうにもしてあげられない。金銭が関わってくるなら、なおさらだ。

棒手振り、屋台引き、日傭取り、小作人。その日暮らしの者たちは、この江戸には大勢いて、たいていは風雨のたびに仕事ができず、蓄えなぞまったくない。稼ぎ手を失えば、たちまち暮らしに詰まり、子供を手習いに通わせるどころか、信平のように当の子供が稼ぎ手になることも少なくない。

本当なら、こういう子供たちにこそ、学問は必要なのだ。

学問こそが、貧乏から抜け出すための、大きな踏み台になり得るはずだ。

けれど現実は違う。学がない故に碌な仕事にありつけず、その子供もまた、親と同じ不遇をかこつことになる。貧困は、容赦なく連鎖し、その頑迷な鎖を断ち切る術を、萌はもち合わせていなかった。

こんな幼い教え子を、救うこともできない。自分の不甲斐なさが歯がゆくてならない。

手習い半ばで放り出すなど、素っ裸で真冬の海に突き落とすようなものだ。家族のために、信平は懸命に泳ぎ続けるだろう。けれどそのうちに気づくのだ。搔いている水の冷たさに、世間の冷淡なあつかいに。身も心も凍えてしまい、からだが強張って動けなくなるころに、ふと顔を上げ周りを見る。多くの者は舟に乗り、中には豪壮な千石船も浮かんでいる。この世には、自分より恵まれている者がたんといるということに、否応なく気づくのだ。

むろん、身ひとつで大海原を泳ぎ切る者もいる。中には立派な船を手に入れる者もあるだろう。しかしそれは、ほんのひと握りだ。立身出世の噂の陰には、疲れ果て、沈んでゆく者が無数にいる。

手習いは、言ってみれば板切れに過ぎない。舟をもつ者には櫂にもなり得るが、もたざる者には、しがみつくのがせいぜいの板切れだ。それでも、あるとないとでは大きく違う。どんな田舎へ行こうと寺子屋があり、識字も勘定も、あるる意味できてあたりまえ。そのあたりまえすら覚束ないようでは、人生はより過酷なものとなる。

歳を重ね、大勢の子供たちを見てきたからこそ、信平の先行きが、信平以上に見えてくる。どうにも諦めきれず、萌はそっと肩に手を置くように、教え子にたずねた。

「五十の親方のところへも、もう行かないつもりなの？」

それまで気を張っていた信平の眉尻が、悲しそうにみるみる下がる。

「……職人には、なれねえや……。修業のあいだは、一文だってもらえねえし

「……」

「信平……」

「けど！　どのみち親方は、弟子はとらねえの一点張りだし。こうなってみれば、かえってよかったです」

萌と目を合わせぬよう、くるりと背中を向ける。

小さなからだで、懸命に虚勢を張る姿が、胸に応えてならなかった。

信平と別れると、萌の足は、何となく家とは逆の方角に向いた。

往来を渡り、西の桜木町にある一軒を訪ねた。やはり裏長屋ではあるのだが、こちらは二階屋で間口も広い。

入口障子には、よく看板代わりに、職を表す絵や文字が大書されているが、この屋の障子戸には何も書かれていない。代わりに、軒にお盆くらいの薄い板がぶら下がっていて、見事な牡丹の花が描かれていた。花はよく見れば細かな点描の集まりで、その無数の点が、白い牡丹を形作っていた。

いかにも頑固な職人らしい、看板ならぬ意固地な申し訳だ。それでも萌が訪いを告げると、中から明るい声が応じた。

「まあ、萌ちゃんじゃないの。よくいらしてくださったわね。さ、どうぞ上がってちょうだいな」

小作りな丸顔と朗らかな声は、何とも気さくで心地いい。歳のころは、ちょうど母の美津と同じくらいだ。

「先日は、結構なお返し物をいただいて。かえって申し訳なかったわね」

「いえ、とんでもございません。何度も母をお見舞いいただいて、恐縮に存じます」

この家の女房、お喜多は、母とは古い間柄だった。夫婦の三人の子供のうち、ふたりの娘が、ともに銀杏堂へ通っていて、美津からは行儀作法も習っていた。どちらかと言えば、厳めしい風情の母と、誰にでも打ち解けたようすのお喜多とは、まるきり逆の気性に思えるが、だからこそ気が合ったのかもしれない。娘たちが嫁に行ってしまったいまでも、親しいつき合いが続いていた。

美津が臥せった折にも、たいそう案じて二度も見舞いに訪れた。移しでもしたら一大事だと、美津は病のあいだは会おうとしなかったが、快癒の暁にも、いのいちばんに駆けつけてくれた。精をつけてほしいと、鰻やら餅やらをいただいて、お返しには反物(たんもの)を送った。

「それにしても、お美津さんがよくなって、本当に良かったわ。この長屋でもね、お年寄りが亡くなったのよ。私たち夫婦も、そろそろ年寄りの仲間入りでしょ。とても他人事(ひとごと)とは思えなかったわ」

お喜多の口からこぼれると、さほど湿っぽくはないのだが、つい信平の父親を思い出し、うつむき加減になる。と、萌を叱咤(しった)でもするように、階段の上から大きな声が降ってきた。

「銀杏堂の若先生かい？　だったら、二階へ上げてくれ」

「よろしいんですか？」と、お喜多が念を押す。

「若先生には、ちっとばかり文句があってな。あの小うるせえ餓鬼(がき)を、どうにかしてもらわねえと」

歯切れのいい、ずけずけとした物言いながらも、調子はからりとしている。

お喜多に目で促(うなが)され、狭(せま)くて急な階段を上った。八畳くらいあるだろうか。土間がないぶん、一階よりも広く見えるが、部屋中に道具のたぐいがひしめいていて、窓に向かって据(す)えられた机に、この家の主(あるじ)、五十蔵(いそぞう)が背を向けていた。

「ご無沙汰(ぶさた)しております、親方。お見舞いやら本復の祝儀やら、お気遣いいただきまして」

「あれは嬶の気遣いだ。おれじゃねえよ」

萌が挨拶しても、ふり向きもしない。頑固一徹な昔気質の職人を、そのまま体現しているような愛想のなさで、萌は小さい時分は怖くて近寄れなかった。この親方への見方が変わったのは、嫁ぎ先から実家へ戻ってからだ。

夫もその両親も、腹の内を何も出さない人だった。表面の優しさを見誤って、手痛い思いをしただけに、五十蔵の武骨で不器用なさまが、かえって好ましく映ったのかもしれない。

ごつい背中をながめながら、萌はそんな思いに浸っていた。

「ったく、あの坊主は、どうにかならねえか。かれこれ半年にもなるんだぜ。月に二、三度とはいえ、仕事場でちょろちょろされちゃ、気になって仕方ねえ……おい、先生、きいてんのか？」

口は常にへの字に曲がり、眼差しも不機嫌そうだ。肩越しにふり返ったその顔が、ぎょっとなった。

「お、おい……何も、泣くことは……」

五十蔵が、これ見よがしに文句をぶつけていたのは、信平のことだ。たまらなくなって、抑えがきかなかった。親方が、あからさまにおろおろする。

「あの子は、信平は……もう二度と、こちらにはお邪魔しません……」

「何だって？　そいつは、どうして……」

「あの子の父親が、流行り風邪で亡くなったんです。信平は、父親の代わりに稼ぎ手になると、そう言って……」

　思いきり突き出した、矛の向け先を失って、五十蔵が黙り込んだ。怒った肩の下がりようが、真摯な悲しみを伝える。

「あいつの父親なら、まだ若い盛りだろうに……こんなときばかりは、神仏に恨み言でも吐きたくならあ」

　母の美津とよく似た呟きを、ぽつりと漏らした。

「お父さん、萌ちゃん、下でお茶でもいかがです？」

　階下から、ようすを窺っていたのだろう。頃合いよく、お喜多がふたりに声をかけた。

「本当に、残念でならないわ。私はあの子の来るのが、とても楽しみだったから」

「信平も、同じだったと思います」

　こっくりと、萌はうなずいた。目のまわりに、未だに糊が張りついているような気がするが、どうにか涙は止まった。人前で泣くなんて、迂闊な真似をしてしまったが、夫婦はしんみりと、萌が語る信平の経緯に耳を傾けてくれた。

「信平は何よりも、親方の技に惚れ込んでました。生意気にきこえるでしょうが、わざわざ型屋の店を覗きにいって、他の職人の型もあれこれと確かめて……『色々見たけれど、やっぱり五十の親方の、伊勢型紙がいちばんだ』って……」

　自分のことのように誇らしげな顔を思い出すと、またぞろ涙がこみ上げてくる。お茶と一緒に、急いで飲み込んだ。

　伊勢型紙は、いわゆる着物の柄を染めるための型紙であり、友禅から小紋、浴衣まで、幅広く用いられる。

　五十蔵は、この伊勢型紙を拵える型彫師であった。

　型紙は他の土地にもさまざまあるが、伊勢型紙はことに歴史が古いとされる。平安・室町、あるいは奈良時代から続くとの説もある。興りはともかく、伊勢型紙が広く知られるようになったのは、徳川の御代になってからだ。

伊勢型紙は、四日市から鈴鹿を抜けたところにある、白子という土地で育まれた。伊勢が江戸期から紀州藩の領地となると、伊勢型紙は手厚く保護された。型紙をあつかう型紙商人に、関所御免の証文を与え、型売株を定め、旅のあいだに限り苗字帯刀を許した。

おかげで伊勢型紙は国中に広まって、型売株をもつ商人は二百八十余軒、その半数以上は江戸にあると言われる。型紙がもっとも使われるのは小紋であり、武士の裃に広く用いられたのが、江戸に広まった一因だろう。型彫師の数は、型紙商人の何倍にもなろうが、ひときわ細かな作業だけに、腕の良し悪しに加えて、図案の妙や美しさが求められる。

型地紙は、型紙屋で作られる。楮の生漉和紙を、三年以上ねかせた柿渋で、縦横交互に何枚も重ねて貼り合わせたものを、燻して乾燥させ、それを数年おいて自然に枯れさせる。

この型地紙に、さまざまな道具を用いて模様を抜くのが、型彫師である。

伊勢型紙を彫るにはいくつかの技があり、「突彫り」「引彫り」「道具彫り」「錐彫り」の四つに大別される。

「突彫り」は鋭い小刀で、紙を直角に突くように彫り、浴衣地によく使われる。

「引彫り」は、縞柄を彫る技法で、「縞彫り」とも呼ばれる。まるで細い格子を透かしたように、縞模様の向こうに草花などが浮かび上がり、風情豊かな絵柄となる。「道具彫り」は、刃物の先を、丸や三角あるいは菊や桜などに拵えて、一突きで押し抜く技である。

そして「錐彫り」は、切り口が半円形になった錐を使う。これを垂直に地紙に立てて、柄を押しながら半回転させる。鮫小紋、霰小紋などは、半円の錐を用いて丸い穴をあけて図柄を作り、より細かな極紋となれば、わずか一寸角の中に千に届くほどの穴を彫ることもあるという。作業そのものは単調なだけに、難しい技法とされていて、五十蔵はこの錐彫りの名人として知られていた。

型の繊細さ、造形の豊かさ、技の確かさは、信平ならずとも素人目ではっきりと見てとれる。軒にあった透かし牡丹も、五十蔵の型をもとにして、薄板に染めたものだった。

信平をここに連れてきたのは、型彫師という職業を、子供が口にしたからだ。そろそろ往来物の教本を与えようかと、思案していたときだった。

「やっぱり、『商家往来』がいいかしら？　ね、信平」

「萌先生、おれ、『稼往来』がいい。型彫師に、なりてえんだ」

信平は、やけにきっぱりとそうこたえ、理由を明かした。

「おれの父ちゃんのじいちゃんがね、伊勢型紙の職人だったたって、父ちゃんからきいたんだ」

「つまりは、信平のひいおじいさまということね？」

「うん。そのひいじいちゃんは伊勢に住んでいて、たくさんいた型彫師の中で、五本指に入るほどの名人だったんだぜ」

我が誉のように、得意そうに語った。あいにくと、その倅である信平の祖父は、家業を嫌ってひとりで江戸に出て商売をはじめたが、さほどうまくは運ばなかったようだ。おかげで息子のおれも、しがない味噌売りだと、少々の愚痴をこぼすのが信平の父親の常だった。

「だからおれが、ひいじいちゃんの家業を継いだら、父ちゃんも喜んでくれるでしょう？」

手に職をつけるのは、子供にとって何よりだ。とてもいい思いつきだと、萌は喜んだ。

「ただね、萌先生。伊勢型紙の職人に、伝手がねえんです」

「それなら、ひとり知っているわ」

すぐに思いついたのが、五十蔵だった。ただし五十蔵が弟子をとらないことは萌も知っていて、それでもいいから連れていってほしいと熱心にせがまれた。お喜多に打診したところ、いつでもどうぞと快諾をもらい、それからまもなく、信平と一緒に仕事場を訪ねた。

「うわあ、すごい！　うわあ、きれい！　ほら見て、萌先生。網の目くらいに細かな模様なのに、どっこも切れてないんだよ！」

信平はひたすら感心し、その感動を存分に素直に表した。

「そう言ってもらえると、嬉しいわねえ。うちは肝心(かんじん)の跡取りは、職人を嫌って商家に入ってしまって」

奇(く)しくもこの家の倅も、信平の祖父と同様に、型彫師を継がなかった。頑固者の五十蔵とは、もともと反(そ)りが合わず、それも倅を家から遠ざけた一因かもしれないと、美津を通してきいていた。

にこにこと信平をながめるお喜多とは反対に、五十蔵は終始、迷惑そうなしかめ面(つら)をほどかなかったが、帰りがけに、お喜多はさもおかしそうにふたりに告げた。

「素(そ)っ気(け)なくって、ごめんなさいね。あれでもね、喜んでいるのよ。なにせ素直じゃない人だから」

　とてもそうは見えなかったが、跡取りに去られたことは、案外応えているのかもしれない。

「信平ちゃんのおうちは、この近くよね？　よかったら、また遊びにいらっしゃいな」

「いいんですか！」

　お喜多はにっこりと請け合って、以来、信平は、ひとりで五十蔵の仕事場に通うようになった。親方の仏頂面は相変わらずで、機嫌が悪い折には怒鳴られることもしばしばあったようだが、信平はまったく怯むことなく、せっせと顔を出した。

　月に二、三度とはいえ、さすがに邪魔にならないかと案じたりもしたが、杞憂だとお喜多は笑った。最初のうちは、出来上がった型紙の見事さにただ感じ入っていたが、ひと月も経つとようすが変わってきた。五十蔵の手許が見える窓際に陣取って、絶え間なく動く錐をながめているという。

「面白い虫でも見つけたみたいに、目をぐりぐりさせて道具捌きを見詰めているのよ。放っておくと、一刻でも二刻でも。足がしびれるのも道理でしょ？　毎度、帰り際にひっくり返っているわ」

ころころと笑いながら、楽しそうにお喜多は話してくれた。三人の子供たちは同じ江戸の内とはいえ、品川だったり大川の向こうであったりそれなりに離れている。仕事や子育てで忙しくもあり、桜木町に顔を見せるのは盆暮れを含めて数えるほどだ。夫婦ふたりきりの暮らしに降ってわいたような闖入者を、お喜多は歓迎してくれて、憎まれ口を叩きながらも、五十蔵も内心では励みにしていたのだろう。

「そうか……坊主はもう、来ねえのか……」

ぽつりとこぼした呟きには、ただ寂しさが滲んでいた。

萌もまた、同じ気持ちだった。あたりまえに毎日見ていた顔が、ある日突然いなくなる。子供とは、何と頼りない身の上かと、いまさらながらに胸の詰まる思いがする。

「信平にも、せめて板切れくらいもたせてやりたかった……手習師匠としては、不面目でなりません」

「板切れってのは？」

めずらしく、五十蔵が応じた。手習いのたとえだと萌はこたえ、世間を真冬の海になぞらえた話もした。意外にも五十蔵は、しんみりとうなずいた。

「なるほどな……板切れとは、言い得て妙かもしれねえな。自在に泳げる身になってすら、板切れがねえために、溺れかけたことが幾度もあるからな」

「親方……？」

「おれも坊主と同じでな。親父が早くに死んで、手習いにはほとんど通っちゃいねえんだ」

「そうでしたか……」

「それでもどうにか、型彫師になることができたからな。職人に学なぞ要らねえと、若いころは粋がっちゃいたが……」

と、いっとき五十蔵は口をつぐんだ。唯一の財産である両手に、じっと目を落とす。

「引け目ってのは、良くねえもんだな……存外なところで、手痛い竹篦を食らう」

竹篦は、禅寺で修行者を打つときに用いる竹製のへらである。どんな痛みであったかとは、きけなかった。五十蔵はやはり、己の両手に目を落としたままだ。

亭主の作った不器用な沈黙をなだめるように、女房がお茶のお代わりを勧めた。

翌日、手習いが終わった時分に、めずらしい客が銀杏堂を訪れた。

「先の五穀会以来になりますか。私も一度、承仙先生の蔵書を拝見したいと、厚かましくお邪魔しました」

志水館の若先生、露水である。志水館は、江戸でも指折りの私塾であるが、跡取りの露水は偉ぶったところがなく、人柄は穏やかだ。

「本当は、もっと早く伺うつもりでおりましたが……美津先生が流行り風邪のために臥せっておられると、椎葉先生から伺いましたので。ご快癒なされて何よりでした」

本復祝いにと、高価なカステラを携えてきて、母ともどもありがたく頂戴した。

志水館でも多くの門人が同じ風邪にやられ、住み込みの者も少なくないから、たいそう往生したという。それでも、命を落とした者はなく、幸いだったと露水が語る。

「ただ、門弟の身内は、四人ほど亡くなりました。祖父母であったり親であったり……ひとりは、さる門人の娘で……まだ二歳でした」

美弥と同じ歳ときいて、萌は言葉も出ない。母の美津が代わりに、悔やみを述べた。流行り病は、嵐や地震に似ている。忘れかけたころにふたたび訪れて猛威を振るい、大事な者の命を容赦なくもぎとってゆく。遺された者たちは、ちょうど打ち捨てられた瓦礫のようなものだ。

信平の母親もまた、喪失の念が深すぎて、立ち直ることすらできないのだろう。

父の蔵書を収めた納戸に露水を案内しながら、またぞろ信平の先行きが案じられた。

「どうしました？　何か心配事でも？」

察しのいい露水は、萌の物思いに気づいたようだ。

「あ、いえ……」

志水館に教えを乞うのは、学問を極めんとする者ばかりだ。塾と併設された手習所も同様で、位の高い武士や富裕な家の子供が多いときく。何となく、信平の話をするのはためらわれ、代わりに笑い話のように父の話をした。

「母が難儀をしていたというのに、父は呑気な暮らしぶりで……それを思い出しました」

「承仙先生は、上方にいらっしゃると伺いましたが」

いまは大坂の友人の家に長逗留していると、萌は告げた。

「母が寝付いて、真っ先に大坂に知らせましたが、なしのつぶてで。床上げに至ってからもう一度文を書くと、ようやく返しが届いたのですが、ひと月余りも大坂を離れていて、便りは二通いっぺんに読んだというのですよ。お仲間たちと、山登りをしていたそうですの」

「それはまた、承仙先生らしい」

ははは、と声にして笑い、それからほうっとため息を吐いた。

「ですが、うらやましいですね。私も十代のころは、旅に憧れたものです。国中を巡って、さまざまな知者に会い、あらゆる学問に触れたいと……昌平黌に通っていたころ、哲とよく語り合いました。結局、望みを果たしたのは哲だけでしたが」

「椎葉先生は、学問修行の旅をされていたのですか？」

「たしか……二十一、二のころでしたか。ろくな路銀ももたず、諸先生方の伝手を頼りながら諸国をまわるという、哲らしい無茶な旅でしたが、たいそううらやましく思えました」

一方の露水には、志水館の跡継ぎという役目がある。現師範の父親から厳しく仕込まれていた最中でもあり、一緒に行くことは叶わなかったと、残念そうに語った。

「哲が江戸に戻ったのは、かれこれ九年前になりますか。それから『椎塾』を開いたのは、ご承知のとおりです」

「先にも申しましたが、おふたりの気のおけない間柄は、うらやましゅうございます」

「歳は違いますが、昌平黌に入った年が同じなのですよ。他にも何人かおりましたが、皆、立派なお武家の家柄で、私と哲だけが身分が低かった。哲は浪人の子で、私は町人でしたから」

似た境遇が結びつけたのかと問うと、笑いながら露水は否定した。

「いやいや、当時の哲は頑なで、さっぱり愛想がなくて。私を含めて他の者など、歯牙にもかけていないようすでした。学問の出来にかけては、誰も哲には敵いませんでしたから、よけいに周りからも浮いて……後で知りましたが、昌平黌に来る前は、歳の近い者たちからやっかまれて、ずいぶんと嫌な目に遭（あ）ったようです」

　それまでに受けた理不尽（りふじん）なあつかいが、椎葉の心を閉ざし、同時にいっそう学問へとしがみつかせた。最初は自身も、いけ好かない奴だと遠ざけていたと、露水は正直に打ち明ける。

「では、どんなきっかけでお近づきに？」

「それがね、しりとりなのです」

「しりとり、ですか？」

　きょとんとする萌に、昌平黌からの帰り道、五、六人で坂を下りながら、いつのまにかしりとりがはじまったと露水が語る。ところが途中から、趣（おもむき）が変わった。きっかけを与えたのは、露水だった。

「誰かが、しで終えたところに、哲がしばしと返した。いつもの可愛げのない風情でね。癪（しゃく）に障（さわ）って、私はし返しとこたえた。内心では、哲をやり込めたことに得意になった。ところが哲は、すかさずしかしと返してきた。そこから先は、もう意地の張り合いです。他の者はそっちのけで、しではじまってしで終わる言葉の応酬（おうしゅう）となりました」

「そんなにたくさん、ありましたでしょうか？」

「字を違えれば、いくらでもあるのですよ。たとえば、しゅしゃしゅうしなら十数に及びますし、しょうしに至っては二十でも足りません」

朱子に手指、終始に宗旨、笑止に小祠と、なるほど、言われてみれば結構な数になる。

「どちらが、勝ったのですか？」

「先に種が尽きたのは私です。ですが、悔しそうな私を見て、『引き分けだ』と哲が言いました。それ以上、哲も思いつけなかったようで、先に哲がはじめたから引き分けだと」

終(しま)いまで、つき合いきれなかったのだろう。仲間たちはすでに帰っていて、露水と椎葉のふたりだけが、分かれ道のたもとで粘(ねば)っていたときいて、萌が思わず笑い出す。

「負けず嫌いなところだけは、よく似ておられたのですね」

「かもしれません。子供心にも、認め合(お)うたのでしょうね。それからは、互いの見方が変わって、気づけば誰より近しくつき合う仲になりましたが……それはそれで面倒で」

　思い出話をひと段落させて、露水が冗談めかす。

「見かけに反して、気持ちの細やかな男ですから。むしろ野放図な風体や振舞は、傷つきやすさを隠すための覆いなのかもしれません。こちらから働きかけなければ何も動かず、言いようを間違えると相手の気を損ねてしまう。若いころは、とかく気難しくて」

「気難しくて、面倒ですか」

「旅のあいだに、すっかり角がとれましたがね。一度痛い目を見たからこそ、臆病なのかもしれません」

「痛い目を見たから、臆病……」

　ふっとよぎったのは、椎葉哲二ではなく別の顔だった。

「そうですね！　そうかもしれません」

「萌さん……？」

「ありがとうございます、露水先生。私にもまだ、あの子のためにできることがあるやもしれません」

　話の軸が、逸れてしまったと気づいたようだ。露水が笑いを噛み殺す。

「どうやら萌先生は、子供たちのことで頭がいっぱいなようですね」

「すみません……私はどうも、調子っ外れのところがあるようで。母にもよく叱られるのですが」

「いえ、師匠たるもの、それで良いと思いますよ。ところで、私もこちらの書物を、少しお借りしても構いませんか？」

「もちろんです。どうぞお好きなだけ、おもちになってください」

「読み終えたら、またお返しにあがります」

露水はあれこれと見繕い、三冊ほどの書物を手に、機嫌よく帰っていった。


「こんにちは、信平。少しお邪魔してもいいかしら？」

翌日、萌はふたたび信平の長屋を訪ねた。

「今日はね、これを届けにきたの。はい、どうぞ。妹さんと弟さんにも」

小さな手に、三つの包みを載せる。口をねじった巾着形の包みは、淡い桃色をしていた。

「そうか、今日は三月三日、桃の節句か！　すっかり忘れてた」

銀杏堂の子供たちにも、同じ包みをひとつずつ渡した。美弥の初節句を祝っての雛(ひな)あられである。

「それとね、信平に会いたいって、お客さまも見えているの」

萌が狭い土間の脇にどき、代わって顔を出した男に、信平がびっくりする。

「えっ、親方！」

「よう、坊主。久しぶりだな……父さんのことは、大変だったな」

臥せっていたらしい母親が慌(あわ)てて起き出してきて、不器用な悔やみに頭を下げる。信平が布団と枕屏風を急いで片付けて、萌は座敷に尻だけ乗せる格好で、狭い四畳半に、どうにか客のふたりが収まった。

「あのう、それで、今日はどのような……」

青白い顔の母親が、不安そうな上目遣(うわめづか)いで問う。いたって口の重い男だけに、うまく切り出せないようだ。しかしこの場は、五十蔵に任せるべきだ。

「親方、お願いします」と促すだけに留めた。

五十蔵も腹を決めたのだろう。大きく息を吸って吐き、母親のとなりに正座する子供に顔を向けた。

「信平、おめえ、型彫師になりてえか？」

問われた信平が、とても困った顔をする。

「どうなんだ？　なりてえのか、なりたくねえのか？」

「そりゃあ、なりたいです……おれがそう言ったら、死んだ父ちゃんも喜んでくれたし……」

「おめえの気持ちをきいてんだ。はっきりしろい！」

「はいっ！　おいらは型彫師になりたいです！」

癇性（かんしょう）に怒鳴られて、信平が大きな声でこたえる。そうか、と五十蔵は、満足そうにうなずいた。

「おめえの思いが本物なら、おれの弟子になれ」

え、と信平が、目をまん丸に見開いて、口をぽかりと開ける。

「だって、五十の親方は、弟子はとらねえと……」

「そのつもりでいたが、気が変わった。信平、明日っから、おれのところに来い」

子供の大きな瞳の中に、実にさまざまなものが浮かんだ。喜びと期待、落胆と悔しさ。すべてがない交ぜになって、ただじっと親方の顔を見詰めている。しかしそのとなりで、母親が慌てた。

「それは……困ります。この子がいないと、うちの稼ぎ手が……」

「稼ぎ手なら、おっかさん、あんたがいるだろうが」

やつれたからだが、あからさまにびくりとした。この男なりに、精一杯抑えているのだろう。決して大きな声ではなかったが、そのぶん凄みがあった。五十蔵はそこで、少し調子を変えた。

「女の身の上でひとり残されて、途方に暮れている、あんたの気持ちもわからないでもない。おれのおふくろと、よく似ているからな……おれもちょうどこいつくらい、八つのときに父親を亡くした」

「親方も、父ちゃんを……」

五十蔵は、信平にうなずいて、それから母親に目を据えた。

「おふくろも、弱い女でな。めそめそと嘆くばかりで、子のおれたちが稼ぐより他なかった。とはいえ、おれには兄貴がいたからな、まだましだったが」

四つ上の兄とふたりで、母と妹ふたり、五人の暮らしを支えたと来し方を語った。

「おあささんと言ったか。あんたにも、わかっているはずだ。こいつの玉子売りの金だけで、親子四人がやっていけるはずがねえってな」

「……はい」

「酷を承知で言わせてもらうが、父親を亡くした子供らを守ってやるのは、母親のあんたしかいねえんだ」

　弱った者の頬を叩くような真似は、誰もしたくない。その役目を、あえて五十蔵は引き受けてくれた。有難さに、萌は思わず拝むように両手を合わせた。

　身内を亡くした喪失の深さは、想像に余りある。本当なら、存分に悲しみ打ちひしがれ、たっぷりと嘆く暇を与えてやることこそが、立ち直りの早道かもしれない。けれども身薄の者たちは、そうもいかない。稼ぎを止めれば、直ちに死に結びつく。世知辛くとも、それが現実なのだ。

「親方、おれが決めたんだ！　父ちゃんの代わりをしようって、おれがそう決めて……」

　責められっぱなしの母親が、見るに忍びなかったのか、途中で信平が口を出した。それすら親方の眼光ひとつで封じられる。

「いまのおめえは、たった十歳の餓鬼に過ぎねえ。一家四人を食わしていくだけの力なぞ、どこにもねえんだ」

「でも……」

「だから、一日も早く、稼げるだけの男になれ。一人前の型彫師になるまで、おれのもとで修業しろ」

「だけど……一人前になるには、十年はかかる。母ちゃんや妹や弟を、置いては行けない」

きゅっと唇を嚙みしめて、膝(ひざ)に置かれた両手で小さな拳(こぶし)を握る。

修業のあいだは、衣食住の心配はないが、当然のことながら給金は出ない。自分の食い扶持(ぶち)が減ったとしても、幼い弟妹がいては母も思うように働けない。やはり残してはいけないと、子供ながらに考えているようだ。萌も親方も、事情はよくわかっていた。

「信平、親方はね、信平のために考えてくれたのよ。三年のあいだ、おまえが修業をしながら、同時に少しばかり稼ぐことができるようにって」

昨日、露水が帰った後のことだ。萌は親方の家に足をはこんで、頭を下げた。

信平を、弟子にしてくれまいか。さらに勝手を言うようだが、向こう三年のあいだ、少しでいいから給金を与えてもらえまいか。その分はきっと将来、信平が一人前になってから、お礼奉公の形で返させる。万一、果たされないときは、銀杏堂が代わりに責めを負う――。萌は必死で、そう頼み込んだ。

きっかけは、露水の言葉だった。見かけに反して気持ちが細やかだの、痛い目を見たからこそ臆病だの、椎葉哲二を評したものだが、そのひとつひとつが五十蔵に重なるように萌には思えたのだ。

五十蔵とお喜多のようすから察するに、夫婦は信平を気に入っている。それでも頑固に弟子をとらないのは、痛い思いをしただけの、何か理由があるのではないか?

萌はそう考えて、駄目を承知で図々(ずうずう)しい頼みを口にした。しかし給金の件は、親方からきっぱりと断られた。

「修業の分際で、給金なぞもらえるはずがなかろう。職人の道理に背(そむ)くってもんだ」

てんで相手にされず、親方の言い分ももっともだ。やはり無理だったかとがっかりしたが、代わりに五十蔵は、意外なことを申し出た。

「信平、おめえ、読み書き算盤(そろばん)は、少しはできるんだろう?」

いったい何の話かと、信平が不思議そうな顔をした。萌の方をちらりと見てから、はい、とこたえる。

「だったら、お喜多の代わりに、帳面付けを手伝ってくれねえか? その手のもんは、あいつに任せっきりにしていたが、このところ歳のせいで目が悪くなっちまってな」

商家ほどではないにせよ、材の仕入れやら道具の修理やら、また稼いだ手間賃に至るまで、半期に一度のやりとりになるから帳面付けは欠かせない。このところ、お喜多の老眼が進んだために、ひどく難儀をしていたのは本当だった。

「もちろん駄賃は払う。玉子売りと同じくらいには、なると思うぞ」

ぱっ、と親子の顔が、明るくなった。萌が三年と言ったのは、三年経てば、幼い弟妹が手習いに通えるようになるからだ。そのくらいになれば、昼は手習所で過ごすことができ、母親が帰るまでのわずかなあいだは、近所の者が面倒を見てくれるだろう。

「お母さんの働き口は、私と母で探してみます。もちろん、ふたりのお子さんの預け先も、ご相談に乗ります。ですから、信平を親方に、預けていただけませんか？」

先行きが見えなかったからこそ、おあさは立ち上がる気力が萎えてしまったに違いない。絶望の底にいるような昏い瞳に、初めてかすかな光が灯った。

「ありがとうございます……どうぞ……どうぞよろしくお願いします」

深々と頭を下げた母親の横で、信平が少し心配そうな顔をする。

「でも、帳面付けなんて、おれにできるのかな？　親方が代わった方が、よほど……」

「おれは、字が読めねんだ」

萌から見える横顔は、うっすらと笑っていたが、眉間(みけん)の辺りはひどく切ない。読み書きのできないことが、この職人には大きな痛手となっていた。

八歳のころから働き詰めで、それでも兄のおかげで職人になることができた。十五歳というと、職人の駆け出しとしては遅い方だが、伊勢型彫師の弟子になり修業を修めた。手習いをする暇などどこにもなく、ひら仮名すら覚束(おぼつか)ないと、昨日、萌の前で五十蔵は吐露(とろ)した。

「職人に学なぞ要らねえと、若いうちは強がっちゃいたが、いざひとり立ちしてから、思いがけず苦労した。昔は若い弟子をとったこともあったんだが、字が読めねえおれを、連中が笑っているように思えてな。つい当たり散らすものだから、誰も長続きしなかった」

己が使う柿渋の紙を舐(な)めているような、ひどく苦い顔をした。

「弟子なんぞ無用だと長いこと背を向けてきて、その後ろ向きが、倅にも見えていたのかもしれねえ。そっぽを向かれて、ようやく気づいた……おれは誰かに、おれの技を継いでもらいてえんだ」

信平がたびたび訪れるようになったことで、その思いは、五十蔵の中ではっきりと形を成してきた。信平にもわかるよう、少し要約しながら五十蔵は説いた。

「おめえも手習いは、まだ半ばなんだろ？　おれと一緒に、通ってみねえか？」

「親方と、一緒にですか？」

「そうですよ、信平。親方は月に幾度か、仕事を終えた晩方に、銀杏堂に通うことにしたのです。おまえもその折に、通っていらっしゃい。読み書きも算盤も、まだ半端なままですからね」

「五十路に入って手習いとは、我ながら焼きがまわったもんだが、知らねえままじゃ、弟子に舐められちまうからな」

「五十の親方が、五十路の手習いですね」

信平の洒落に、和やかな笑いが起きた。母親の背中で、雛あられを頰張っていた幼い子供たちが、何事かと、ぴょこぴょこと母親の背中から顔を出す。

五十蔵夫婦のおかげで、信平の先行きは思いがけず明るくなった。なのに萌の胸には一抹の寂しさがある。自分が多少なりとも助けることができたのは、たったひとり。他の多くの子供たちを救えなかった後悔が、春の宵のように、冷え冷えと身にしみるからだ。

せめて誰もが板切れだけは携えられる世の中になりますようにと、祈らずにはいられない。

目の前の師弟の明るさだけが、いまの萌には救いだった。

「言っておくが、修業はきついぞ。近いからって、泣いて母ちゃんのもとに戻るんじゃねえぞ」

帰り際、五十蔵はしかめ面で釘をさしたが、信平は明るい表情で言い切った。

「きっと修業を頑張って、いつか親方みたいな日の本一の型彫師になります！」

「生を抜かしやがる」

信平のおでこを小突き、五十蔵が苦笑いする。

師弟のあいだには、すでに晩春に似た、温かな気配がただよっていた。

目白坂の難

た。

「はああ、おれたちもついに下山（げさん）かあ」

両腕で頭を支えた増之介が、天を仰（あお）ぐ。秋の高い空が、いっぱいに広がってい

「これで銀杏堂とも、おさらばだな。ふん、せいせいすらあ」

となりを歩く角太郎もまた、同じ姿勢で空を見上げる。ぽかりぽかりとふたつ、小さな雲が所在なげにただよっていた。ながめていると、それが自分たちの姿に見えてくる。

いまは九月半（なか）ば。あとふた月半、十一月の末で、ふたりはともに手習所を下山する。

手習所の修業納めを、寺になぞらえて下山という。銀杏堂一の悪童（あくどう）ぶりを自認していただけに、破門の憂（う）き目に遭（あ）うこともなく、相応の歳で無事に下山できるのはむしろ僥倖（ぎょうこう）と言えるのだが、喜んでばかりもいられない。

「増（ます）はやっぱり、侍修行をはじめるのか？」

「修行って言ったって、同心見習いにはまだ早えし、道場に通うくらいしか思いつかねえや」

「道場は、ここ一年ほどは真面目に通っていたんだろう？」

「月に三度くらいだから、そうでもねえよ。やっとうをふり回すのは嫌いじゃねえんだが……案外すっきりするからよ。ただ、道場って場所が、どうもいただけねえ」

どちらも十一歳のくせに、口調だけはいっぱしだ。傍に大人がいたら、ぷふっと笑いを漏らしていたろう。

「どう、いただけねんだ？」

「ほとんどが、武家の倅だろ？　まあ、腕の立つ奴なら文句はねえが、おれより弱っちいくせに、妙に威張り散らす奴らがたんといる。親父の身分を笠に着て、天狗になってんだ」

「わかるわかる。本家の連中が、まさにそのたぐいだ。何の取り柄もねえくせに、本家ってだけで殿さま気分よ。分家のおれなぞ、家来どころか使用人だと思ってやがる」

増之介は持筒同心の息子で、角太郎は百姓だが、名主の分家筋の倅である。

ふたりは銀杏堂で出会い、互いを生涯の友だと確信した。親の身分に差はあれど、六歳の子供には関わりない。以来、固い絆で結ばれてきた。大人相手に悪戯を仕掛けるときも、店先から団子を失敬するときも、女師匠が気にくわず精一杯抗ったときも、荷車の両輪のごとく常に心を合わせてきた。

手習いは苦手でも、互いがいたからこそ銀杏堂は楽しかった。そんな日々とも、あとふた月半でお別れかと思うと、舞い散る木の葉をながめながら、つい感傷めいた心持ちになる。

「角は、どうすんだ？」

「どうもこうも、日がな一日畑の手伝いをさせられるに決まってらあ。うちの畑ならまだしも、何かってえと、本家の手伝いに駆り出されるからたまらねえ。何とも手際の悪いやり方をしているからよ、こうした方がいいと教えてやると、二言目には、『分家の分際で口を出すな』だ。もうきき飽いちまった」

「おれもだ。何かってえと、三十俵三人扶持のくせにって。耳にタコどころか、イカが生えらあ」

相前後して、足許の小石を蹴り上げる。石のとび具合すらほぼ同じで、先々にまったく希望がもてないだけに、ますます気が塞ぐ。

「何か、面白いことはねえかなあ……」

「金でもありゃ、ぱあっと散財してやるのによ」
十三、四になれば、酒やら博奕（ばくち）やらに手を出す輩（やから）もめずらしくはないのだが、いかんせん十一では、散財する場所も駄菓子（だがし）屋がせいぜいだ。それでもいまは、滅入（めい）る一方の気分を少しでも浮かせたい。
何かないものかと、ぐるうりと首をめぐらせて、あれ、と角太郎が声をあげた。

あぜ道に沿って、用水が流れている。その岸の草むらに、妙に真剣な顔をして、子供がしゃがみ込んでいた。

「あそこにいるの、桃（もも）じゃねえか？」

「あれ、本当だ。たしか、ここ二、三日、手習いには来なかったよな？」

「また、姉ちゃんの看病じゃねえか？　けど、あんなところで何してんだ？」

「行ってみようぜ。おーい、桃ぉ！」

増之介が大きな声で呼びかけると、子供が草むらから顔を上げ、手をふり返した。ふたりが駆け寄る前に立ち上がり、一緒にいた弟は、素早く兄の陰に隠れた。

「増っちゃん、角ちゃん。手習いの帰り？　今日はずいぶんと早いね」

「女先生の都合で、昼までだったんだ。従妹の祝言があるとかで」

「他人の婚礼に、出ている場合じゃねえってのにな」

「いいなあ、婚礼かあ」

「えっ、桃は嫁取りしたいのか？」

「違うよ。婚礼なら、旨いものがたんと食えるだろ」

「ああ、そっちか」

桃助は、ふたつ下の九歳だ。男のくせに桃なんて女みたいだと、入塾当初はさっそくからかいの種にしたのだが、

「桃太郎とおそろいだもの。おいらは気に入ってんだ」と、にこにこと返された。

いたって素直な性質だから、からかい甲斐のないことこの上ない。学業に関しては、年上のふたりよりよほど先に進んでいても、特に鼻にかけることもしない。そして桃助は、見かけによらず苦労人である。

父親が亡くなって、母親が髪結床で働きながら三人の子供を育てているのだが、桃助の姉である長女は生まれつきからだが弱く、よく熱を出す。ことに咳が

ひどくなり、そのたびに姉を看病し、四歳の弟の面倒を見るのは桃助だった。手習いも休まねばならず、それでも文句をこぼすこともなく、あたりまえのようにこなしている。その辺が妙に大人びていて、口には決して出さないが、どこか敵(かな)わないような気もして、年下ながらちょっぴり尊敬もしている。

「また、姉ちゃんの加減が悪かったのか?」

「そうなんだ。けど、昼前には熱も下がってひと心地(ごこち)ついたから、弟と遊んでおいでって姉ちゃんが」

名付け親が、よほど昔話が好きだったのか、弟の名は金太(きんた)という。四歳の弟は、兄の陰からふたりを用心深くながめている。兄とは違って人見知りが激しく、ふたりにはちっとも懐(なつ)いてくれない。

銀杏堂のある小日向水道町から江戸川を渡ると、西には小日向村の田畑が広がっており、その手前に細長く、畳の縁(へり)のように西古川町(にしふるかわ)がある。桃助の長屋は西古川町で、田んぼに挟まれた角太郎の家とは案外近い。弟を連れて歩く姿は見慣れているのだが、さっきは少しばかりようすが違った。

「桃、着物の前が草だらけだぞ。こんなところで、何してたんだ?」

増太郎が顎(あご)で示すと、気づいたように草を払いながら桃助は言った。

「薬草をね、探してたんだ」

「薬草って……姉ちゃんのためにか？」

「姉ちゃんのためだけど、飲ませるわけじゃなく……お金になるんだ」

「金、だと？　本当か？」

「いったいどんなからくりで、草が金に化けるってんだ？」

目の色を変えてふたりが詰め寄る。そのようすが怖かったのか、金太が兄の腰にしがみつく。

「金太、小川の中に、魚がいるかもしれないぞ。見ておいで」

少し迷う素振りを見せたが、金太は案外素直にうなずいて、少し離れた用水路の脇に腹這いになった。金太の膝くらいの深さだから、嵌まっても大事はない。

弟がいなくなると、改めて桃助は仔細を語った。

「『享仁堂』って、薬種屋を知ってる？」

「たしか、音羽町の四、五丁目辺りにある、でかい薬種問屋だろ？」

「ああ、おれも知ってる。間口が結構広くて、小売もしてるよな」

「あそこで『沈香散』ていう、咳によく効く薬を売り出したんだ。姉ちゃんに飲ませてやりたいって、おっかさんが言ってたけど、とんでもなく値の張る薬なんだ」

一包で二百文ときいて、ふたりが思わず目をむいた。

「散薬ひとつが二百文だと？　そいつはべらぼうだな」

「蕎麦一杯が十六文だから……ええっと、十と、二杯はいけるってことか」

やや暇がかかったが、角太郎が頭の中で算盤をはじく。とても買える代物ではないとわかってはいたが、桃助はあきらめきれず、数日前に件の薬種問屋に出掛けていった。

何とかまけてもらえまいかと頼みにいき、当然のことながら、最初は相手にされなかった。しかし手代はふと、桃助が脇に抱えていたものに視線を向けた。

本草学について書かれた、一冊の書物だった。

桃助は読み書きが達者だが、何より興味があるのは本草学である。草木が好きなことに加え、病持ちの姉がいることもあるのだろう。

萌先生はそれを知って、一冊の本を桃助に貸してくれた。

「桃助、これは大人が読むものだから、少し難しいかもしれないけれど、絵図がたくさん載っているから子供でも楽しめると思うの。草木の中でも、ことに薬種に使うものが多く示されているし、おうちで読んでごらんなさい」

たびたび手習いを休まざるを得ない筆子のための、師匠なりの気遣いであろう。

桃助はこの本がたいそう気に入って、どこへ行くにも抱えてゆく。書物の図と同じ草が、生えてはいまいかと探すためだ。

薬種に関わる者だけに、手代も興を惹かれたようだ。手にとってパラパラとめくっていたが、中のひとつに目を留めた。

「坊主、もしもこの草を見つけてきたら、沈香散を分けてやれるかもしれないぞ。薬種としては、とんでもなく高直だからな」

本当か？　と、桃助は念を押し、もしも見つけたら、間違いなく店が買い取ると手代は請け合った。

「それが、これなんだ」

と、桃助が、本を開いてみせる。

「……『ソウマオウ』？　てんできいたことのねえ名だな」

「この茎が、とてもよく効く薬種になるそうなんだ」

「こいつがか？　やけにぼうぼうしていて、その辺の雑草と変わらねえように見えるがな」

「トクサによく似ているけれど、細かいところが違うんだ。トクサはわかる？」

　ふたりがそろって、首を横にふる。

　トクサは木賊と書くが、もとは砥草の意味である。丈は一尺半ほど。茎は緑色だが姿はスギナに似ていて、春になると土筆そっくりの花をつける。スギナの花が土筆である。堅い茎はヤスリとして重宝され、昔は歯も磨いたのか、歯磨草の異称もある。もともとは山間の湿地などに群生するが、細い竹のようにすっきりと真上に伸びる茎を愛で、庭に植えられることもあった。トクサもまた、目の病に効く生薬として使われる。

「トクサなら見たことがあって、湿った土地に生えるから、ソウマオウも同じじゃないかって」

「それで水辺を探してたってわけか」

「そういうことなら、おれたちも手伝うぜ。その代わり、おれたちにもちっとばかり分け前をくれねえか？」

「それはいいけど……この辺にはやっぱりなさそうなんだ」

　今日に限らず、桃助は小日向村を何日もかけてまわってみたが、ソウマオウどころかトクサすら見当たらないと肩を落とす。

「そうか、見つからねえかあ……」

なまじ取らぬ狸の皮算用を弾いただけに、増之介が一緒にがっかりする。

「いっそ、小石川の御薬園に忍び込んで、二、三本引っこ抜いてきた方が早いんじゃねえか？　あそこならさすがに、薬種には事欠かねえだろ」

「それじゃ盗人だよ、増っちゃん」

桃助はしかめ面をしてみせたが、いや、待てよ、と角太郎が呟いた。

「御薬園なら、ひとつ当てがあるぞ。小石川じゃなく、大名屋敷だ」

「大名屋敷に、盗みに入るのか？」

「だから、盗人はいけないって……」

「いまは使われていない御薬園なら……引っこ抜いたところで、盗みにはならねえだろ？」

「どういうことだ、角？」

「実はな、前に本家の爺さまからきいたんだがよ」

この小日向村の北には江戸川が流れていて、渡ると目白不動がある。そこから先は、大小交えて武家屋敷が立ち並んでいた。中でも、目白坂から関口台町を抜け、下雑司ケ谷へ抜ける道の南側には、とび抜けて大きな大名旗本の下屋敷が林立している。

門前に鶴松と亀松という銘木がある、細川越中守の屋敷なぞが有名だが、大名屋敷といっても、必ずしも屋敷が建っているわけではない。敷地だけは幕府から拝領するものの、どこの大名も手許不如意である。ことに下屋敷となれば、屋敷はおろか塀すらまわしていない場所もあり、草木に覆われて藪や林と化している。細川屋敷から少し奥まった辺りにある、本庄屋敷もまた、そのたぐいだった。

「いまは本庄って殿さまのものらしいが、昔はな、もっと羽振りのいい大大名のお屋敷だったんだ。何十年も前に、火事で焼けちまったそうだがよ」

「それがソウマトウと、どう関わってくるんだよ？」

「増っちゃん、走馬灯じゃなく、ソウマオウね」と、桃助が訂正を入れる。

「まあ、慌てるなって。その大大名のころに、何とかってお抱え医師がいてな。薬種にはことさら詳しくて、屋敷の庭にだだっ広い御薬園を作ったっていうんだ」

「そいつは、本当か？」

「本家の爺さまの爺さまが、その御薬園を手伝っていたというから間違いねえよ」

　ずいぶんと古い話だが、子供にとっては十年前も百年前も大差はなく、すべて大昔で括られる。

「屋敷は火事で跡形もないそうだが、もしかしたら御薬園は無事で、薬種になる草木が残っているかもしれねえだろ？」

　角太郎の策に、たちまち桃助の顔が輝いた。

「角ちゃん、すごい！　たしかにそこになら、ソウマオウがあるかもしれないね！」

　ふふん、と角太郎は悦に入ったが、曲がりなりにも武家育ちの増之介は、少し難しい顔をした。

「しかしよ、角、大名屋敷ってのは、とんでもなく広いんだぞ。町屋の十町二十町はあたりまえ、ものによっては百町がすっぽり収まっちまうくれえだ。闇雲に探しても埒があかねえ。その本庄屋敷とやらの、どの辺に御薬園があったかわからねえか？」

「うーん、そこまでは……本家の爺さまも、てめえで見たわけじゃねえからなあ」

角太郎は渋い表情で唸ったが、桃助はすっかりその気になったようだ。

「今日はまだ日も高いし、とりあえず行ってみようよ。目白不動の向こうなら、そんなに遠くもないからさ」

「そうだな、どうせ暇だし、行ってみるか」

「ただ、弟は置いていった方がいいんじゃねえか？　子供の足だと、結構遠いぞ」

足手まといになると暗に増之介は言ったが、兄に呼ばれて用水から上がってきた金太は、頑として一緒に行くといってきかなかった。それまで小川に浸かって魚を獲ろうとしていたらしく、膝から下はびしょ濡れである。桃助は面倒な顔もせず、もう一度小川に連れていき弟の足を洗い、手拭いでふいてやる。

「坊主、途中で音をあげても、知らねえからな。泣き言を抜かしても、負ってなぞやらねえぞ」

増之介が釘をさすと、むうっとしたふくれ面で、金太は睨みつける。

増之介には歳の近い妹がふたりいるが女同士で仲が良く、粗暴な兄なぞ蚊帳の外だ。角太郎は兄と姉がひとりずつ、三人兄弟の末っ子で、やはり小さい兄弟なぞいないから、ふたりともどうあつかっていいかわからないのだ。

桃助の弟が苦手なのには、もうひとつ理由がある。金太は愛想がなく、妙にひねくれていて可愛げがない。まるで昔の自分たちを見るようで、つい目を逸らしたくなる。

ともあれ、四人は連れ立って、目白不動の方角に向けてあぜ道を歩き出した。

「下雑司ヶ谷の辺りなら、江戸川橋より駒塚橋を渡った方が近道じゃねえか？」

「けど、こっからだと、崇傳寺をぐるうりとまわることになるからなあ。江戸川橋の方が、結局、近道になると思うんだ」

この辺りに明るい角太郎に先導されて、江戸川橋を渡った。ここを真っ直ぐ北に行くと、両袖に音羽町、突き当たりに護国寺があるのだが、その手前の四ツ辻で、思わぬ顔に出くわした。

「あっ、桃ちゃん！　桃ちゃんだ！」

「本当だ。それに、増と角まで。こんなところで、何してるのさ？」

銀杏堂に通う、なおとさちの姉妹である。姉のなおは十歳、妹のさちは六歳で今年から手習いをはじめたばかりだ。妹はともかく、なおはもっとも苦手な女だ。増之介と角太郎は、たちまち顔をしかめた。

「うわ、嫌な奴に会っちまった」

「まったくだ。これからひと稼ぎしようってのに験の悪い」

「それはこっちの台詞だよ。そんなまずい面、銀杏堂だけでも我慢できないのに、外でまで見たかないよ」

「何だとお、このあま、もういっぺん言ってみろ！」

「ほんっとに可愛げがねえな、てめえはよ！　この男女！」

　この三人は、触れたら雷を起こすというエレキテルのようなものだ。寄ると触るとこの調子で、バチバチと火花が上がる。

　銀杏堂の男子ではもっとも年長にあたり、素行も決してよくない増之介と角太郎だ。彼らと悶着を起こす真似は、誰もがまず避けるのに、なおだけは違う。ひとつ年上のふたりを相手に、遠慮会釈なく突っかかっていく。

　からだは小柄でも並外れてはしっこく、かけっこでも木登りでも男の子に負けることがない。加えて気も強いものだから、なおを怒らせると、弾の尽きない豆鉄砲のごとく痛い思いをする。

　年上のふたりのことも呼び捨てで、まったく敬意を払っていない。おかげで春先の犬猫のごとく、顔を合わせるたびにぎゃんぎゃんと騒がしいのだが、周りもすでに慣れっこだ。三人の諍いは素通りして、桃助は金太をさちに紹介した。

「さっちゃん、これ、弟の金太。仲良くしてあげてね」

「うん、いいよ。金ちゃんでいいかな？　あたし、さち。あっちはお姉ちゃんのなおだよ」

　金太は慌てて兄の陰に隠れてしまったが、さちは気を悪くするふうもなく笑顔を向ける。男勝りな姉とは違い、おっとりした妹だ。

「もしかして、なおちゃんとさっちゃんの家って、この近く？」

「そうだよ。あそこの路地を入って、右に行って左に行ったとこ。桃ちゃん、うちに遊びに来る？」

「また今度ね。今日はこれから、行くところがあってさ」

　桃助と妹の話をきき咎め、なおが横から口を出した。

「桃ったら、ここ二、三日手習いを休んでいたくせに……こんな奴らとこんなところで、何してるの？」

「きゃんきゃんとうるせえな。女の出る幕じゃねえんだよ」

「そうそう、偉そうに先生面すんなよな。女師匠はふたりで十分だってのに」

「増角が何をしようと知ったこっちゃないけど、桃を巻き込むのは黙って見てられない。これからひと稼ぎするって、さっき言ったよね？　稼ぎって何？　悪いことを企んでいるのなら……」

「そうじゃないよ、なおちゃん。もとはといえば、おいらが言い出したことで、増っちゃんと角ちゃんは手伝いを申し出てくれたんだ」

　桃助がここまでの経緯を語り、最初は疑り深い目を向けていたなおも、事のしだいを飲み込んだ。

「じゃあ、桃ちゃんの姉さんのために、そのソウマトウとかいう草をとりにいくのね？」

「なおちゃん、走馬灯じゃなく、ソウマオウね」

　図らずも、さっきと同じ台詞を桃助がくり返す。

「だったら、あたしも行く！　やっぱりこのふたりは信用できないもの。だからあたしがついていく」

「さちも！　さちも行く！」

「冗談じゃねえよ。これは男の仕事だぞ、女なんぞ連れていけるかよ」

「ガキはひとりでたくさんだ。これ以上小っこいのはいらねえや」

「小さくたって、男なんかに負けるもんか！　あんたらの頭の中身の方が、よっぽど小さいくせに！」

さらにすったもんだしたものの、桃助のとりなしでどうにかその場は収まって、六人に増えた一行は、目白不動を抜けて本庄屋敷を目指した。

「本庄屋敷の名は、あたしも知ってるけど、でもあそこ、何にもないよ」

歩きながら、なおが桃助に話しかける。

「何にもないって、野っ原ってこと？」

「んーん、あそこはほとんど森になってる。その両脇の大名屋敷もね、やっぱり塀も屋敷もなくて、だからあの辺はみんなまとめて大きな森みたいなんだ」

「そうかあ……御薬園跡を探すにも、容易く(たやす)は見つからないかなあ」

「それにあの森には、お化けが出るって話だし……」

「えっ！　マジか？」

叫んだ増之介のとなりで、角太郎もびくんとする。

「なに、あんたたち、お化けが怖いの？」

「んなこと、あるわけねえだろ！　だいたい、こんな昼日中(ひるひなか)から出るわけがねえし」

「ふうん……長屋の大家さんの話だと、大きなからだに、真っ赤な百の目がついたお化けだと……」

「やめてよ、お姉ちゃん、怖いよ！」

「そそそ、そうだぞ！　ガキを怖がらせるんじゃねえよ！」

増之介が急いでさえぎり、なおもお化け話はそこで打ち止めにしたが、いざ本庄屋敷に着いてみると、誰もがあんぐりと口をあけた。

道の途中には立派な大名屋敷もあったが、途中から塀が途切れ、その先は行けども行けども緑に塞がれていた。夏の精気を存分にため込んで、道を覆いそうなほどに勢いを増している。

「これ、本当に屋敷なのか？　木と藪しか見えねえぞ」増之介が途方に暮れた顔をして、

「でも、本庄屋敷って呼ばれてるのは、この辺だよ」と、なおが請け合う。

「日も高いし、とりあえず入ってみようぜ。ここなら見晴らしも悪かないからよ、方角を見失うこともなさそうだしな」

角太郎が、いま来た道をふり返る。目白坂の名前どおり、目白不動からの道はだらだら坂になっている。この場所は、ほぼ坂の天辺に近いだけに日当たりも良く、お化けが出そうなおどろおどろしさはどこにもない。坂の少し下にある、大名屋敷の屋根もよく見えた。

そうだな、と増之介もうなずいて、六人は藪の中に分け入った。

角太郎が先頭で、枝を片手に露払い役を務め、その後ろに桃助と金太、さらになおとさちが続き、しんがりを増之介が引き受ける。最初は丈の高い草が繁る藪であったのが、だんだんと木が増えて、いつの間にやら林になった。それでも日の光は、梢を通して足許まで届き、暗さは感じない。

四半刻ほども歩いたろうか、最初に、さちの足が止まった。

「お姉ちゃん、疲れた。ちょっと休もうよ」

それ見たことかと、増之介は意地の悪い顔をした。

「だから言ったんだよ、女なぞ足手まといだって」

「あたしは平気だもん！」

なおはにらみ返したが、さちはその場にしゃがみ込んだ。

「構うこたねえ、女どもはここに置いて、先に進もうぜ」

「増っちゃん、ここで少し休んでいこう。金太も疲れたろ？」

金太は相変わらず、むうっとしたままだったが、やはり疲れはにじみ出ている。しようがねえなあとぼやきながら、増之介は木の根方にどさりと腰を下ろした。

「お姉ちゃん、喉かわいた……」

「我慢しな。井戸なんてないんだから」

「おれも水は飲みてえな。大名屋敷なら、井戸くれえどっかにねえのかなあ」

「庭に池や泉水を引くはずだから、小川があってもよさそうだよね」

ため息交じりの角太郎に、桃助も同意する。いったん水を思い浮かべると、いまさらながらに喉がからからであることに誰もが気づいたようだ。我慢しろと妹に言ったなおでさえ、こくりと喉を鳴らす。

と、盛り上がった木の根に背中を預けていた増之介が、ふいに身を起こした。

「何か、水の音がしねえか?」

皆がいっせいに増之介をふり返り、音を確かめようといっとき押し黙った。

「葉ずれの音じゃねえか?」

「おいらも、何にもきこえないなあ」

角太郎と桃助は首をかしげたが、なおだけは野生の獣のように耳をそばだてる。

「いや、するよ。ちょろちょろ……じゃない、こぽこぽみたいな……」

「そう! 流れというより、湧き水みたいな!」と、増之介も勢いづく。

「たぶん……こっちかな？」

「ああ、間違いねえ。こっちだ！」

先刻の喧嘩が嘘だったように、増之介となおが同じ方角をさし示す。ふたりの後ろに角太郎と桃助が従って、水が飲めるとなれば疲れすらも吹きとんだのか、さちと金太も勇んで歩き出す。

「本当にあるのかよ……さっきのところから結構歩いたぞ」

角太郎が弱音を吐いたとき、先頭にいたなおが叫んだ。

「あった！　あったよ！　ほら、あそこに池が！」

藪を透かした向こう側に、たしかに水辺が見えて、皆が歓声をあげた。

「水はいいとして、飲めそうか？　汚え溜まりなら、腹を壊すぞ」

「大丈夫、澄んでいてきれいな水だよ。底から湧いてるもの」

池というより、湧き水のようだ。透きとおった水の底は砂地になっていた。三ヵ所ほど泡とともに水が湧き、小さな波紋が水面に立つ。増之介となおが味を確かめて、うなずき合う。残る四人が、大喜びで水に顔を突っ込んで喉を鳴らした。

「うめえっ！　極上じゃねえか！」

「美味しいね！　こんなに甘い水は初めてだ」

水っ腹になるほど存分に喉をうるおして、満足げに腹をさする。

「はああ、生きかえった。これでもう少し、道が稼げそうだ」

呑気な声をあげた増之介のとなりで、桃助が不安そうに空を仰いだ。

「お日さま、見えないね……雲が出てきたのかな？」

そういえば、と年嵩の三人も気づいた顔になる。知らぬ間に、ずいぶんと薄暗くなっていた。水を求めて先を急いでいたから、誰も気づかなかった。木々の隙間が詰まっていて、林というよりすでに森の中だ。首の裏が痛くなるほどに見上げても、梢は幾重にも重なって日をさえぎっていた。

風が吹き、ざざあっ、といっせいに梢が唸る。さっきまで汗を吹いていたはずのからだが、急に冷えてきた。

「ひょっとして、もう夕方か？　ここに入って、どのくらい経ったかな、増？」

「夕刻には、まだ早えだろうが……小っこい連中もいるし、そろそろ戻った方がいいかもしれねえな。どうだ、桃？」

「うん……御薬園が見つからなかったのは残念だけど、金太もそろそろ腹がすくころだろうし、今日はもう帰ろうか」

「もたもたしていると、お化けが出るかもしれないしね」

なおがぺろりと舌を出し、先に立って歩き出した。けれどもいくらも行かぬうちに足が止まり、そろりとふり返った。

「あのさ……この道で、いいんだよね？」

「……そのはずだぞ。もっとも道なんて端(はな)からねえけどよ、おれたちの踏み跡があるはずだろ？」と、増之介がこたえる。

「けど、この辺は、下草がほとんどないんだ。あたしたち、どっちから来たっけ？」

梢の厚みが増すと日当たりが悪くなり、地面には草が生えない。あれほど繁っていたはずの藪は消え、ごつごつとした木の根だけが土を覆っていた。後ろにいる皆の視線が、いっせいに問われた増之介に向く。

「……たぶん、大丈夫だ。この方角で、間違いねえはずだ」

「だよね……さっきもこっちから、来たんだよね？」

不安そうな顔をしたなおに、精一杯力強くうなずいて、増之介は、今度は自分が先頭に立って歩き出した。なのに行けども行けども、森は切れない。

どのくらい歩いたろうか。列の中ほどにいたさちが、べそをかきはじめた。

「お姉ちゃん……あたしたち、迷い子になったの？」

増之介は足を止め、ゆっくりとふり返った。すぐ後ろにいるなおも、弟の手を握る桃助の顔にも、不安が色濃く浮いていた。一番遠くにいる相棒と目が合ったとき、増之介は観念した。

「どうやら……そうみてえだ」

頭上を塞ぐ木々のせいばかりではなく、辺りはすでに夕刻の気配に満ちていた。

それから半刻ほどで、とっぷりと日は暮れた。

いくら目を凝らしても、景色は闇一色に塗りつぶされている。途方に暮れて座り込んでから、誰も口を利かない。口に出すと、本当になってしまう。この恐ろしい顚末が、現実となって自分たちを襲いに来る。それが怖くて、誰も何も言えなかった。

日頃は威勢のいい増之介も角太郎も、そしてなおも、だんまりを続ける。そのとなりから、くすんくすんとすすり泣きだけがきこえていた。

「お姉ちゃん、おなかすいたよう……喉かわいたよう」

「もう泣くのはやめな、さち。よけいにおなかがすくよ」

「こんなことなら、さっきの水場から動かなきゃよかったな」

「おれのせいだってのか、角？」

「んなこと言ってねえだろ！　カリカリすんなよ」

「増っちゃん、角ちゃん、ふたりとも喧嘩しないで」

「だいたいなあ、桃、もとはと言えばおまえの……」

「うん、ごめん……おいらのせいだ。おいらが薬種を探したいなんて言ったから、こんなことに……」

「悪い、桃、いまのはなしだ、忘れてくれ。……道を間違えたのは、おれだった」

「それなら、あたしも同罪だ……ごめん」

「いや、もとはと言えば、大名の御薬園探しを言い出したのは、このおれだ」

「そうだぞ、角。おめえが悪い」

「そりゃねえだろうよ、増！」

素っ頓狂（すっとんきょう）な角太郎の声に、ようやく緊張がほどけた。

「暗くなってから歩くと、よけいに危ない。今夜はここにじっとして、夜が明けてから、帰り道を探した方がいいと思うんだ」

桃助の声は落ち着いていて、安堵を誘った。そうだな、と、増之介が応じる。

「桃、おめえの弟は？　さっきからちっとも声がしねえぞ。ちゃんと生きてんだろうな？」

「金太なら、おいらの膝を枕に眠っちまった」

「意外と太っ腹だな、金太は。大人になったら、いちばん出世しそうだな」

角太郎の冗談に、小さな笑いが広がる。弟の頭を撫でながら、桃助が言った。

「金太が不愛想で無口なのは、きっと色んなことを我慢しているからなんだ。母ちゃんが忙しいのも姉ちゃんの病も、金太は小さいながらによくわかっていて、文句を控えてるんだ。おいらには、そう見えるんだ」

「そっか……金ちゃんは、えらいね。甘えん坊のさちとは大違いだ」

「いや、女があああまで愛想なしじゃ、さすがに嫁のもらい手がなくなるだろ」

角太郎が混ぜっ返し、違えねえ、と増之介が笑う。当のさちから何も返らないのは、やはり姉の肩にもたれて、船を漕いでいるためのようだ。

歩き通しだったから、疲れているのは年嵩の四人も同じだ。増之介が大あくびをして、桃助やなおも、うつらうつらしはじめた。

角太郎は、枕になりそうな手頃な木の根っこを見つけて、ごろりと横になったが、いくらもせぬうちに、悲鳴をあげてとび起きた。はばかりのない大声に、眠っていた幼い者たちまでが目を覚ます。

「何だよ、角、とんでもねえ声出しやがって。ヒルにでも吸いつかれたか?」

「ち……がう……いま、あの木の向こうに……お化けが……」

え、と誰もが一様に固まった。怯えを懸命に隠しながら、増之介が無理に笑う。

「こんなときに、冗談はやめろよな。脅かしっこなしだぜ」

「本当なんだって！　いま横になったとき、あの木の陰で、たしかに赤い目が……」

そのとき、あ！　と、なおが叫んだ。

「あたしも、見えた！　赤い目が、四つ五つ……」

言い終わらぬうちに、誰の目にも不気味な赤い光が見えた。

闇色の空に、少しむくれた半月が浮かんでいた。月は白いのに、その瞳は赤い。四つや五つどころではない。その目はどんどん増えてゆく。

ふたたび角太郎の絶叫が、森に響きわたった。

「でで、出た……ばけ、化け物……」

あまりの恐ろしさに誰も身動きひとつできず、声すら出ない。しかし赤い光を凝視するうちに、低い唸り声を耳がとらえ、獣くさいにおいが鼻を突いた。

「いや、角……化け物より、もっとまずいぞ……あれは、野良犬の群れだ！」

本当に百の目をもつお化けに見えたのか、あるいは子供が近づかぬようにとの戒めか。

化け物の正体は、この森を塒にする野犬の群れだった。


いったい、何頭いるのだろう。十ではきかない、二十や三十に達しそうだ。

「やべえぞ、逃げねえと！」

「逃げるったって、どこに？」

「あいつらから逃れられるなら、どこでもいい！」

「犬は逃げると、よけいに追いかけてくるよ」

「おれたち、餌か？　あいつらの餌になるのか？」

「どのみち駆けっこじゃ、犬には敵わないよ。すぐに追いつかれちまう」

誰もが混乱し、それぞれ思いつきを口にするが、急場をしのぐ手立ては見つからない。そのあいだにも、群れとの間合いはじりじりと狭まってくる。

「畜生……どうすりゃいいんだ」

増之介が呟いたとき、そうだ！ と、なおから大きな声があがった。

「木に登ればいいんだよ！ 木の上までは、犬も追いかけてこない」

「そうか！ なおの言うとおりだ。犬は木登りはできねえからな、登っちまえばこっちのもんだ」

角太郎はすぐにうなずいたが、その横で桃助が情けない声を出す。

「どうしよう……おいらも木登りはできないよ。それに、金太も……」

「そういえば、さちも登れないや」と、なおがおろおろする。

野犬に背を向けぬよう踏ん張りながら、増之介が叫んだ。

「なお！ おれたちが登れそうな手頃な木を探せ！ おれたち六人を支えるんだ。太くて枝ぶりのいい木だぞ」

「わかった！」

「見つけたら、なおが先に登って、下から桃助と金太とさちを角太郎がもち上げろ。なおが上から引っ張り上げる。できるか？」

「まかせろ！　……だけど、そのあいだに食いつかれちまわねえか？」

「連中は、おれがここで食い止める！」

「ひとりであの数を相手にするってのか？　そいつは無理だ、増！」

「心配すんな……おれだって侍の子だ。伊達に道場通いはしちゃいねえよ」

足許にあった太めの枝を拾って、竹刀のように構えた。

「けど、増……やっぱり、ひとりじゃ……」

「早くしろ！　迷ってる暇はねえ！」

野犬に対峙する増之介の背中は、ちっとも大きくは見えない。それでも皆には、どれほど頼もしく映ったことか。

「この木だ！　この木がいい！」

見つけたなおが、ぺぺっと両の掌に唾を吐き、するするとサルのように身軽に登る。

「どうだ、なお？」

「大丈夫！　金ちゃんとさちを上げて！」

角太郎が木の下で、まずはさちを、次いで金太を高い高いするようにもち上げる。その両手を握って、なおがふたりを木の上まで引き上げた。しかしさすがに九歳の桃助は、ふたりのようにはいかない。

「桃、おれが肩車するから、おれの肩を踏み台にして、いちばん下の枝に足をかけろ」

「うん、やってみる……ごめんね、角ちゃん」

「いいってことよ……うん、しょっと。なお、桃が行くから助けてやってくれ」

「桃ちゃん、そこの左っ側……あ、違う、桃ちゃんから見たら右だった。太い枝があるから足をかけて、その少し上にも枝が張ってるから、それを両手でつかんでからだをもち上げて……」

獣は人間以上に警戒心が強い。唸り声を立てながらも、それまで間合いを計るだけに留めていたが、桃助が最初の枝に片足をかけたとき、一頭が増之介を目がけてとびかかった。

「危ない！　よけて！」

まともに見える場所にいたなおが、鋭く叫んだ。

とびかかってきた犬を、枝で打つつもりが、からだが言うことをきかなかった。ただ身をすくめ縮こまり、顔を覆った左腕を、獣の爪がかすめる。

「増！」

思わず角太郎がふり向いて、その拍子に台座が動き、桃助の片足が宙に浮く。

わわっ、と慌てる声がした。両手と片足で、桃助が辛うじてからだを支える。

「すまねえ、桃。大丈夫か？」

「平気！　それより角ちゃんは、増っちゃんを！」

うん、と桃助に応じて、角太郎は足元にあった石やら枝やらを、夢中で群れに向かって投げつけた。いまにも団子になって増之介に襲いかかりそうだった犬の輪が、じり、と一歩分後退した。

その間に桃助は、なおの手を借りて、何とか木の上に収まった。

「お姉ちゃん、怖いよう……」

「さち、両手と両足で、しっかり枝を抱えこめって言ったろう！　金ちゃんも、わかったね？」

少し上の枝に、それぞれ乗せた妹と金太に、なおが指図をとばす。それでもさちの文句は止まらない。

「お姉ちゃん、この木、変なにおいがするよう」

「においくらい、我慢しな！」

「だってお姉ちゃん、臭くて鼻がもげちまいそう」

いちばん下の枝にいた桃助が、はっと上を仰ぐ。それまではにおいなど感じる暇もなかったが、よく知ったにおいだと気がついたのだ。

「なおちゃん、この木、もしかして銀杏（いちょう）の木？」

「えっと……枝ぶりと幹の太さしか見てなかったけど、たぶん、そうかな？」

「おいらの辺りにはあまり見えないけど、上には実がいっぱい生（な）ってる？」

「うん、たんとあるよ……たしかに、すんごいにおい」

「その実をできるだけ、下に落として！　角ちゃんは、その実を野犬に放るんだ！」

「石ならともかく、銀杏（ぎんなん）ごときが犬に効くのかよ？」

角太郎が、木の下から不信めいた声を返す。

「犬の鼻は、人よりずっといいだろ？　人にもこんなににおうんだ、犬はもっと嫌がるはずだよ！」

なるほど、と角太郎が膝を打つ。なおはさっそく、枝を揺らしたり葉っぱごとちぎったりしながら、次々と実を落とす。角太郎が、急いでそれをかき集めた。

「増、もう少しだけ、頑張れるか？」

「ったりめえだ！　おれを誰だと思ってやがる！」

　半泣きのような嗄(か)れた声ながらも、増之介が怒鳴(どな)り返し、もう一度、手にした枝を正面に構えた。

「畜生、情けねえ……こんなことなら、もっとまじめに道場通いをしとくんだった」

　小枝やら松ぼっくりやらと一緒に、角太郎が銀杏を両手でわし摑(づか)みにして、犬の群れに投げつけた。目測を誤って、いくつかは増之介の背中や頭に当たったが、大半は群れにまで届き、その強烈なにおいにやられたのか、キャイン、と高い声がした。

「やっぱり！　効き目があるみたいだ。角ちゃん、実をありったけ拾って袖に詰めて、それから木に登って！　なおちゃんも、懐(ふところ)に実を貯めて！」

　桃助の意図を察したふたりが、すぐさま言われたとおりにする。臭い実で袂(たもと)をふくらませながら、角太郎が木によじ登り、袖の中身を桃助にも分けた。

「増っちゃん！　おいらが合図したら、木に登って！　後ろを見ちゃ駄目だよ！　ただ、上に登ることだけ考えて！」

「おうよ！」

「いくよ！　いちにいの、さん！」

増之介が握っていた枝を犬に投げつけ、一目散に仲間のいる木へと走る。追ってきた群れに向かって、角太郎と桃助となおが、樹上からいっせいに銀杏の実を投げた。頼りない弓矢隊ではあったが、何でもかじるネズミですら銀杏の実は避けて通る。暑い盛りに何日も履(は)き続けた足袋(たび)のような臭気は、犬の鼻をまともに刺した。それを嫌がる高い声が続けざまにあがり、群れの輪は大きく後退した。

桃助と角太郎がそれぞれ上の枝に移り、あいた場所に、どうにか増之介が自力で這い上がる。犬たちは尚(なお)も吠(ほ)えてはいたが、幹のまわりに落ちた実が犬除(よ)けの役目を果たしているようで、それ以上は近づいてこない。ひとまず枝に腰を落ち着けて、増之介が息をついた。

各々(おのおの)の目方を鑑(かんが)みて、なおが枝を吟味(ぎんみ)してくれたおかげで、どうにか六人が、てんでに木の上に収まった。それでも犬はあきらめようとせず、木の下で盛んに吠え立てる。

「連中、しつっこいなあ。よっぽど、腹減ってんのか？」

「もしかして、朝までこの調子なのかな？　だとしたら、たまんねえな」

「おいらたちが、断りなくこの森に入ったから怒ってるんだよ……御薬園があるかどうかはわからないけど、ここはもう、あいつらの家なんだよ、きっと」

年長のふたりはぼやいたが、桃助は少しすまなそうに根方を見下ろした。

「お姉ちゃん、手と足がしびれてきたよう」

「しっかりおしよ。いまからそんなんじゃ、とても朝までもたないよ」

「朝までこのまんまってのは、そいつらには無理じゃねえか？」角太郎が言って、

「金太は途中で、眠っちまいそうだな」桃助もその心配をしはじめる。

「長丁場となれば、あたしらだって危ないよ。帯を解いて、からだを幹に結んでおいた方がいい」

「どうせなら、ついでに金太とさちは、おれと増のからだに繋（つな）いどこうぜ。ガキどもが眠っちまっても、落っこちる心配がねえだろ？」

「増角（ますかく）が、居眠りしなきゃね」

「てめえはひと言多いんだよ！」

文句を放りながらも増之介も同意して、腹帯をほどき、枝に尻を乗せて幹を抱え込むような姿勢をとった。歳のわりにからだの大きな増之介でも、抱えきれぬほどの太い幹だが、幸い腹帯の長さは十分に足りた。年長の三人がそれぞれ帯を

結わえるときも、さちを角太郎に、金太を増之介に渡すときも、なおが自在に樹上を行き来して手伝ってくれる。

「ほんと、おめえ、サルよりすげえな」

「なによ、それ。褒めてんの？　けなしてんの？」

「今日ばかりは、褒めてんだよ」と、増之介が口を尖らす。

なおから渡された金太は、増之介の腹と幹のあいだに具合よく収まったものの、当人は甚だ不本意のようだ。むうっとした顔で、増之介をにらみつける。

「やだ……兄ちゃんがいい」

金太がこんなにはっきりしゃべるのを、兄以外の者たちは初めてきいた。暗がりでも、やけにくっきりと映る金太の目を、増之介は覗き込んだ。

「今日だけは、おれで我慢してくれ。そのかわり、きっと兄ちゃんとおまえを、母ちゃんや姉ちゃんのもとに帰してやる」

「……ほんと？」

「ああ、約束する。ほら、指切りだ」

手探りで小さな手をとって、細い小指をからめてげんまんした。

金太が、ん、とうなずいてから、増之介はその腹帯を解いて、自分の胴に金太のからだをしっかりと結びつけた。見上げると、葉叢の陰から差す月の光に、桃助の笑顔が浮かんでいた。

九月の宵の風は冷たかったが、幼児の温もりのおかげで寒さは感じない。胸にある金太の頭が重みを増して、まもなくくうくうと寝息がきこえた。

ぺちぺちと、頰を叩かれる。けっこう痛いのに、どうしても目が開かない。

いつのまにか、眠ってしまったようだ。犬の声は夜半までやまず、それまでは気を張っていたのだが、さすがにあきらめたらしく、野犬の群れは木の下から立ち去った。とたんに急激な眠気に襲われて、そこからは覚えていない。

「増っちゃん、朝だよ、起きて！」

樹上から降ってくるのは桃助の声だ。寝惚けまなこをこじ開けると、目の前にむうっとした子供の顔があった。うお！　と思わず叫んでしまったが、頑迷そうな子供の眼に、昨夜の出来事を思い出した。

「金太、おはよ。大丈夫か、寒くねえか？」

ん、と子供が、むっつり顔ながら律儀にうなずく。秋の早暁だけに、かなり冷え込んではいたが、金太はしっかりと増之介の腹にしがみついていた。

やはり腹に抱えたさちに鼻をつままれて、角太郎も、ふがあ、と声をあげて目を覚ます。

「おはよ、角ちゃん。まだ日の出前だけど、だいぶ明るくなったよ」

「はよ、桃……何か、あちこち痛え……」

「おれも。ひと晩中枝を敷いてたから、尻の割れ目が倍くらいに広がっちまった」

増之介の冗談に、起きて早々、角太郎がひと笑いする。気がつくと、からだがだいぶ斜めに傾いていたが、きつく結んでおいた腹帯は、解けることなく皆を樹上に留めてくれた。

「あれ？　なおは？」

角太郎が、気づいたようにきょろきょろする。角太郎の少し上の枝にいたはずの姿が、どこにもない。

「なおちゃんなら、上だよ。いま、どの辺にいるのか、高いところからならわかるかもしれないって」

「あいつ、本当にサルだな」

と、桃助が指で示した方角をふたりは見上げたが、金色の天井が見えるだけだ。

「昨日は暗くてわからなかったけど、本当に銀杏だったたんだな」

「だな。おかげで命拾いした……臭い銀杏も、たまには役に立つんだな」

銀杏堂の前にも、立派な大銀杏があるのだが、実はつけない。昨日まで通っていた手習所が、ひどく昔のようにも思え、妙に懐かしい。同じ感傷が胸にわいたのだろう。三人はしばし黙って、金色に染まった梢をながめた。

その上から、かしましい声が降ってくる。

「越中屋敷の、屋根が見える！　なあんだ、こんなに近くにあったんだ！」

鶴亀の松で有名な、細川越中守の屋敷のことだろう。金色の屋根を揺らしながら、なおが下りてきて、目白坂からは思ったよりも離れていないと皆に告げた。

うんと固くしたために、苦労して結び目をほどき、六人は久方ぶりに地上に降りて、なおの案内で歩き出した。言葉どおり、まもなく森から林になって、藪の向こうに目白坂が見えた。

のったりとした足取りで、だらだら坂を下ってゆくと、目白不動の前に人垣ができていた。銀杏堂の近所の大人たちに交じり、それぞれの親たちの顔と、また手習所で机を並べる仲間たちの姿もあった。皆、ひと晩中、六人の行方を探し続けていたのである。

その中から、ふいに人影がとび出してきた。髪はほつれがひどく、目は真っ赤だった。

それでもころがるように、坂を駆け上ってくる。

「萌先生！」

さちが叫び、その声を合図に、六人はいっせいに目白坂を駆け下りた。

「昨日の顚末については、ようく肝に銘じましたか？」

四人を横一列に並ばせて、萌先生はいつになく怖い顔をした。

はい、と声を合わせて、増之介と角太郎、桃助となおはうなだれた。小さいさちはお咎めなしとされ、金太はまだ手習所に通っていない。その分四人には、たっぷりと説教が下された。

昨日の早朝、事なきを得た折は、萌先生は叱らなかった。無事でいてくれてよかったと涙ぐみ、その日一日はゆっくり休むようにと手習いも免除されたが、そのぶん親からはこってりと絞られた。

今日も朝から、別室に呼び出されてこの有様だ。萌先生の後ろには、いつにも増して厳しい表情の美津先生も控えている。自分たちの軽はずみを承知しているだけに、悪童で鳴らしたふたりですら、ぐうの音も出なかった。

「さて、桃助。今度の騒ぎの元は、このソウマオウでしたね？」

桃助の前に開いてみせたのは、あの本草書である。トクサに似た草の絵の横に、ソウマオウと片仮名で記されている。

「ごめんなさい、萌先生……」

桃助はしょげているが、どうやら説教は終わったようだ。師匠の声や表情は、ずっとやさしくなっていた。

「ソウマオウはね、漢字ではこう書くの」

萌先生は、別の紙に『草麻黄』と書き、難しくて桃助には読めなかった添書きを説いてくれた。

草麻黄、あるいは単に麻黄とも呼ぶ。古くから生薬として知られ、ことに咳止めとして効き目が高い。そして値が張るのには、ある理由があった。

「いくつかあるソウマオウの中で、もっとも知られているのはシナマオウ。この絵もやはり、シナマオウだそうよ」

「シナマオウ……シナって、もしかしたら……」

「そう、支那の国、清国のことよ。この草はね、支那にしか生えてないの」

「それじゃあ、日本には……」

「残念ながら、いくら探しても見つからないわ」

海の向こうから出島を経て渡来するために、とんでもない高値で取引されるのだ。

「何だよ、はなっから無駄足だったのかあ」

増之介がつい、いつもの調子に戻ってぼやいたが、思いがけなく師匠からこたえが返る。

「ええ、そのとおりです。この国には生えていないと、承知の上で子供をけしかけるなんて許されることではありません……手代さんにしてみれば、冗談のつもりだったのでしょうが、そのおかげで筆子たちがこんな危うい目に！」

師匠は滅多にない剣幕で、拳を握りしめる。

「そのくらいにしておきなさい。昨日、薬種問屋で、あれほど大騒ぎをしたのですから」

美津先生が、ため息交じりに諌める。

「薬種問屋って……ひょっとして、享仁堂、ですか？」

「そうですよ、桃助。おまえから事のしだいを明かされて、その足で薬種問屋に怒鳴り込みましてね」

ぶふっ、と角太郎が吹き出して、増之介もにやにやする。なおだけは、「萌先生、すごい！」と尊敬の眼差しを送る。

「うちの筆子に嘘を教えるとは何事かと、手習師匠にはあるまじき詰め寄りようで、当の手代はむろん、享仁堂のご主人まで出てきて結構な騒ぎになりましてね」

「母上、どうかそのくらいで……」

恥ずかしそうに、ちらと美津先生をふり返る。こほん、とひとつ咳払いをして、改めて桃助に顔を向けた。

「値の話もありますが、麻黄の入った沈香散はとても強い薬で、子供にはかえって毒になりかねないそうなの」

「じゃあ、姉ちゃんには……」

「勧められないと、享仁堂のご主人から伺ったわ」

「そうですか……」

望みが潰えて、桃助はわかりやすく肩を落とす。萌先生は、そんな桃助の前に紙包みを置いた。包みには朱の印で、享仁堂と押されている。

「その代わりにね、ご主人はこの薬を下さいました。やはり咳に効く薬で、効は落ちるけれど、そのぶんからだにやさしいから、子供の咳止めによく使われているそうよ」

店先で騒がれて、具合も悪かったのだろう。薬種問屋の主人は手代の粗相を謝って、詫び料代わりにとその薬を渡してくれた。

「咳がひどいときに、お姉さんに飲ませてあげなさい。少しは楽になるはずよ」

桃助の顔が、たちまちぱあっと明るくなった。

「萌先生、ありがとうございます！」

大事そうに包みを胸に抱きしめる。

「よかったね、桃ちゃん」

「うん、ありがとう、なおちゃん。萌先生と、みんなのおかげだよ」

「何だ、結局はおれたちの働きは、無駄にならなかったってことか」

「終わりよければ、すべて良しだな」

年嵩のふたりは調子づいたが、師匠はまだ解放するつもりはないようだ。桃助となおだけを下がらせて、残るふたりを留めおいた。

「何だよ、まだ続くのかよ……」

「一難去って、また一難だな」

顔を見合わせて、げんなりする。こっぴどく叱られるのを覚悟したが、どうもようすが違う。増之介と角太郎を前にした萌先生は、やけに嬉しそうだ。

「ふたりとも、よく頑張りましたね。立派ですよ。あなたたちの師匠として、とても誇らしい気持ちです」

「ええっと……立派って、どの辺が？」

「てっきり怒られるものとばかり……」

子供だけで森に入ったことや、勝手に大名屋敷の敷地に踏み入ったことについては、金輪際してはいけないと、先刻、厳しく戒められた。しかし難に際してのふたりの態度には、たいそう感心したと手放しで褒める。

「皆からききましたよ。危ない目に遭っても逃げ出さず、小さい子たちを野犬から守ってあげたのでしょう？」

「そりゃあ……てめえだけ逃げたりしたら、人でなしだ」

「そのくれえ、あたりまえだろうが」

「でもね、誰も彼もができるわけでは決してないのよ。日頃は愛想のいい人でも、危うい折には本性が見える。あなたたちは、逆なのね。日頃は不遜（ふそん）を通していても、気持ちは真っ直ぐで、目下の者たちを見捨てたりしない。庇（かば）って、助けてあげられる。それは人として、何より大事なことですよ」

にっこりと微笑（ほほえ）まれ、ふたりが一様にもじもじする。ふだん褒められ慣れていないだけに、どうにも具合が悪くて仕方ない。

「桃助の弟の金太ちゃんが、増之介に、ありがとうって。ひと晩中、抱っこしてもらったと、嬉しそうに話してくれたわ」

「ええっ、あいつが？　おれにはそんなこと一言も……」

「桃助やさちもたいそう有難がっていたけれど……誰よりも感心していたのはなおですよ」

「嘘だあ！」と、思わずふたりが声をそろえる。

「本当よ。ただの乱暴者だと見下していたけれど、皆が無事を得たのは、間違いなくあなたたちのおかげだって、口を極めて褒めそやしていたわ……ね、なお、そうでしょう？」

閉まった襖（ふすま）の向こうから、慌てたように足音がふたつ遠ざかる。残されたふたりを心配して、桃助となおが盗み聞きをしていたようだ。

直接の褒め文句はきけそうにないが、なおの活躍を認めているのはふたりも同じだった。

「これで本当に心おきなく、ふたりを銀杏堂から送り出せます。増之介、角太郎、あなたたちは、どこに出しても恥ずかしくない。銀杏堂から立派に巣立つ若者です」

師匠の表情は、秋の朝の空気よりも清々(すがすが)しく誇らしげで、ふたりはそれを胸いっぱいに吸い込んだ。


両腕で頭を支えた増之介が天を仰ぎ、となりを歩く角太郎も同じ姿勢で空を見上げる。

同じ日の帰り道だった。今日もよく晴れていて、銀杏堂の門前にある実生(みな)らずの銀杏は、風のひと吹きごとに葉を落としていた。

増之介は頭にとまった一枚をつまみ上げ、繁々(しげしげ)とながめた。

「おれ、これからはもうちっと、道場通いに精を出そうかな。三日に一度……いや、一日おきくれえはちゃんと通って、もう少し腕を上げねえと。たかが持筒同心とはいえ、侍には違いねえもんな」

野犬に、一太刀も与えられなかった。不甲斐ない己の姿が、増之介にははっきりと見えたのだ。そうか、と角太郎が応じる。よけいな慰めを口にしないのは、相棒の心中を誰よりも察してのことだろう。

「おれは……養子に行こうかな」

「何だよ、それ。きいてねえぞ」

「行く気がなかったから、言わなかったんだよ」

母の遠縁に、餅屋を営む夫婦がいるのだが、子が授からない。さほど大きな店ではないが繁盛していて、跡継ぎを探しているという。

「おれは目端が利くから、百姓より商人の方が向いているんじゃないかって、父ちゃんが。きいたときには、厄介払いのつもりかよって怒鳴り返しちまったんだが……よくよく考えてみると、悪くねえ話かなって」

「いいじゃねえか、餅が食い放題だぞ」

冗談に紛らしてけしかけると、そうだな、と角太郎が笑った。

「けど、その前に大浚があったな……」

「うへえ、やめてくれよ。せっかく忘れてたのに！」

角太郎が悲鳴をあげる。浚とは試験のことで、月に一度、小浚が行われ、大浚は年に一度、銀杏堂では十一月に納められる。

そして今年の大浚で、増之介と角太郎を含めた四人を下山させると、萌先生は達していた。

ともあれ大浚の出来は、ふたりの先行きに大きく関わってくる。あまりに出来が悪ければ、暮れまで居残りだと、あの怖い顔で釘をさされてしまったのだ。

「大浚は霜月だろ。まだ先だから何とかなるって」

「そうだな、あとふた月半もあるものな。慌てることもねえか」

相変わらず、勉学にかけては能天気この上ない。

それでも頭の隅ではわかっていた。もうすぐ学び舎を出て、世間という大海に放り出される。ふたり一緒に漕いできた舟を手放して、今度は自力で拵えた、筏ほどの頼りない代物で乗り出さなくてはならないことを——。

不安しかないように思えていたが、それぞれが工夫した筏の出来は存外悪くない。

ふたりの先行きを祝うように、大銀杏は金の扇をふりまいている。

親ふたり

門前に立つ萌の脇を子供たちが過ぎるたびに、おはようの声が幾重(いくえ)にも響く。『銀杏堂』の大銀杏(おおいちょう)は、すでに金の打掛(うちかけ)を脱ぎ去っていて、少し寒そうではあるものの、すっきりとした姿だ。けれど子供たちは、そうとは限らない。筆子(ふでこ)のようすを窺(うかが)うには門前が何よりだと、萌は気づいた。

門の前までは、悩みやら気がかりやらを子供は引きずってくる。けれど手習座敷で仲間と顔を合わせたとたん、きれいに剝(は)がれてしまうのだ。門の内には子供同士の社会があり、役目や仕事に就(つ)いた大人と同様、個々の屈託(くったく)をもち込むことを避ける。

ひとりひとりを見極め、見逃さぬためには、朝の顔を確かめるのが何よりだ。

門前に立って子供たちを迎えるのが、いつのまにか日課になっていた。

大浚(おおさらい)を控(ひか)えているためか、どの顔もどことなく緊張をはらんでいて、散々手を焼かされた増之介と角太郎でさえ、半月後に迫った試験が心配でならないのだろう。遅刻の常習であったのが刻限どおりに通ってきて、その顔は心なしか、日を追うごとにこわばりを増すようにも見える。

このふたりが、こんなふうに大浚に挑むなんて――。

感慨とともにおかしみすら覚えながらも、大浚なぞおくびにも出さず、いつもどおりに声をかける。

「おはよう、増之介……今日は眠そうね。朝餉はちゃんといただいた？」

「夜更かししちまってよ。目覚ましに、朝から三杯食った。今日は納豆がついてたからな」

「おはよう、角太郎。お母さんの腰の具合はどう？」

「ああ、ずいぶんとよくなって、今日から畑にも出るってよ」

ぶっきらぼうながらも、まともに返してくれるだけでも、このふたりには大きな進歩だ。同じ落花生の実のように常に一緒のふたりだが、朝だけは別々に通ってくる。どちらも刻限までに姿を見せ、その背中を満足そうに見送った。

今日、最後に走り込んできたのは、魚売りの倅だった。

「おはよう、卯佐吉」

「おはよ、萌先生。あぶねえあぶねえ、遅れるところだった」

挨拶もそこそこに駆け足で門を通り過ぎたが、何故だか玄関の前でぴたりと止まる。それからくるりと向きを変え、また萌の前に戻ってきた。

「あのよ、萌先生。おれ、気になることがあるんだ」

「あら、何かしら?」

いかにも興味のあるようすで問い返しながらも、中身については期待していなかった。子供の視線は、大人とはまるきり違う。大人はいつのまにか、度の強い色つきの眼鏡を通してものを見るようになるのだが、子供の目はまっさらだ。色のついた眼鏡には映らないものまで発見し、実に他愛のないものまで面白がる。たいがいの大人にとってはとるに足らない事々なのだが、邪険に切り捨ててしまえば、これから伸びる芽を摘みとることになる。萌は手習師匠として、できるだけ丁寧にきくよう心掛けていた。

七歳の子供の言うことだから、魚の目はどうして開きっ放しなのかとか、イカやタコは魚の仲間か、あるいはエビの仲間かとか、父親が魚を商っているだけに概ねそのようなたぐいだが、ある意味なかなかの難問で、その都度、書物を調べたり師匠仲間にたずねたりもしたものだ。そろそろ気になる女の子の話なぞも出てこようかと、にこにこと次の言葉を待った。

しかし卯佐吉が口にしたのは、萌の見当を大きく外れた事態だった。

「昨日の夕方な、母ちゃんや弟と一緒に、ここの前を通ったんだ。そうしたらよ、妙な男が、垣根の外から中を窺っていたんだ」

「本当なの、卯佐吉？」

「うん、間違いねえよ。おれがじいっと見ていたら、気づいたみたいでよ、慌てその場を離れたんだ。怪しいだろ？　おれ、追いかけようかとも思ったんだけど」

「まあ、卯佐吉、そんな危ないこと、決してしては駄目よ！」

「わかってらあ。胡乱な大人には近づいちゃいけないって、言われてるもの。父ちゃんがいれば、とっ捕まえてやったのに、一緒にいたのが母ちゃんだからな」

幼い弟を連れていた母親から急かされて、そのまま家路についたと不満そうに訴える。

どんな風体かと萌はたずねた。ほっかむりをして筒袖に股引姿の、貧しい身なりの男だという。夕暮れ時で暗かったから手拭いの下の顔は見えず、歳までは判じられなかったものの、若くはなさそうだと卯佐吉は印象を語った。

「たぶん、うちの父ちゃんより上じゃないかな……おじさんかじいさんか、そのくらい」

銀杏堂は母の美津と萌、一歳半の娘とその乳母という女所帯だ。男に覗かれていたとしたら薄気味悪く、また恐ろしい。萌の不安を敏感に察したのか、卯佐吉が声を張った。

「心配すんな、萌先生。先生とお美弥坊には、おれたちがついてるぞ！　指一本、触れさせるものか」

子供の健気に、つい口許がゆるむ。

一年と少し前、萌は大銀杏の根方で赤子を拾い、美弥と名付けた。最初に見つけたのはこの卯佐吉で、そのためか、筆子の誰よりも美弥を気にかけている。

「ありがとう、卯佐吉、私も美弥も頼りにしているわ。もちろん母上もね」

「美津先生は、大丈夫じゃねえかな……何となく」

母の厳めしい顔を思い浮かべ、吹き出しそうになった。慌てて真面目な顔を作り、卯佐吉に含めた。

「でも、今度その男を見つけても、追ったりしては駄目よ。うちでも煎餅長屋でもいいから、必ず大人に知らせに走るのよ」

「うん、わかった！」

卯佐吉は大きくうなずいて、やがて手習いがはじまると、いつもの慌ただしさに紛(まぎ)れて萌もいつしか忘れていた。その晩、ひとまず母にだけは打ち明けたものの、いずれも心当たりはない。

しかし、三日後のことだった。

美弥を連れての外歩きから帰ってきた乳母のお里が、萌に告げた。

「いましがた、近くのお寺の境内(けいだい)で、いとさまを遊ばせていたのですが……木の陰から妙な男がこちらを窺っていて……」

「何ですって……？　もしや、お里、ほっかむりをした男ではなくて？」

「はい、そのとおりです。百姓(ひゃくしょう)か下働きと思える姿で、手拭(てぬぐ)いを目深(まぶか)にかぶっていたために、顔は見えなくて……」

「それで、お里、おまえはどうしたのです」

母の美津も、詰問(きつもん)口調で先を促(うなが)した。

「気味が悪く思えたので、いとさまを抱いて急いで戻ったのですが……門を入る前にちらりとふり返ったら、その男がついてきていて！」

ちょうど昼時で、子供たちは銘々(めいめい)の家にいったん帰っていた。半刻(はんとき)もすれば戻ってこようし、子供たちのためにも相手の正体を確かめねばならない。覚悟を決めて、萌と美津は外に出てみたが、怪しい男の姿はどこにもなかった。

卯佐吉が見たのと、同じ男かもしれない——。

そう思うと、心底ぞっとした。

やがて午後の手習いがはじまると、萌は筆子たちにもその事実を明かし、手習所の行き帰りには、よくよく気をつけるようにと言いきかせた。

「きっと、おれが見た奴とおんなじだ！　まだうろうろしてたのか」

卯佐吉が真っ先に声をあげ、たちまち蜂の巣をつついたような騒ぎとなる。

「怖いね、人さらいかな？　あたしらを、さらうつもりなのかな？」

「おれたちをさらっても、ろくな身代はとれねえだろ。まあ、強いて言えば、おめえくらいか。結構なお店の坊ちゃんだからな」

「うちだって、小店に毛が生えたくらいだもの。たいした稼ぎにはならないよ。もしかしたら、子供をさらって売りとばす、人買いかもしれない」

子供の常で、怖い怖いと言いながら、どこか浮足立っている。しかし萌に続いて、美津にこんこんと諭されると、誰もが神妙な面持ちになった。

「なあ、萌先生、不寝番を立てた方がよかないか？　女所帯だと、不用心だろ？」

「そうね、卯佐吉。煎餅長屋の大家さんにでも、相談してみるわ」

教え子の忠告をありがたく受けとって、萌はそう返した。

しかし子供は大人より、何倍もせっかちだ。萌が思い知ったのは、翌朝だった。

いつものように、箒を手にして枝折戸を開けた。

季節にかかわらず、子供たちが来る半刻前に、門前を掃いておくのは萌の役目だった。

門を出て、びくりとした。銀杏の根方に、男が座っているのだ。背を幹に預け、口からは軽いいびきがきこえる。酔っぱらいが寝込んでいるのか？　思わず身を引いたが、よくよく見れば、粗末な袴を身につけた姿には覚えがあった。

「まあ、椎葉先生！　こんなところで、いったい何を！」

萌の声に驚いたのか、んあ、と間抜けな声を出し、重そうにまぶたをこじ開ける。

同じ小日向で『椎塾』を開いている、椎葉哲二であった。

「これは萌先生、おはようございます」

律儀に挨拶したが、呼気からはむっとするほどの酒がにおう。つい、ぽんぽんと文句がとび出した。

「お酒に酔って眠りこけるなら、せめて夏にしてくださいまし。いまは冬なのですよ！　凍え死にでもしたら、どうなさいます！」

「いやいや、ご案じなく。何よりの寒さ凌ぎがあるからな」

まるで湯たんぽのように両腕に抱えているのは貧乏徳利だ。呆れてものも言えないとは、このことだ。口をつぐんだ萌の前で、うーん、とひとつ伸びをして、椎葉はゆっくりと腰を上げた。

「まあ、何事もなくてよかった。それじゃあな、萌先生」

行こうとする椎葉の袖をつかんで引き止めた。

「何事もなく、とは、どういうことです？　ここにいらしたのは、たまたまではなく、何か理由があったのですか？」

「いや、子供らが、たいそう心配しておったからな。不寝番に立てとうるそうて」

髭も髪も伸び放題で、三度の飯より酒が好きという、師匠にはいたって不似合いな男だが子供にはひどく懐かれる。銀杏堂の筆子たちからも、「のんべ先生」

と呼ばれて慕われていた。

「それでは、うちの不寝番を、卯佐吉たちに頼まれたというのですか！」

仔細をきいて、改めて萌がびっくりする。昨日、手習所の帰りにも、子供たちは胡乱な男についてあれこれと相談し、考えはまとまった。その足で椎塾を訪ね、怪しい輩から銀杏堂を守ってほしいと椎葉に頼み込んだ。子供たちにとっては誰より近しく、そして信頼できる大人の男として白羽の矢が立ったのだ。

「それならそうと、うちを訪ねて仰ってくだされば……」

「いや、女所帯に泊めてくれと頼むのも図々しいしな。それこそ胡乱な噂でも立てば、かえって迷惑になる。とはいえ、子供らと約束した以上、果たさねばならぬしな」

ほわあ、と大きなあくびをした。萌は肝を冷やしたのに、まったく緊張感に欠ける。

「我が家の前で、凍え死にされる方が、よほど大事です！」

「はは、萌先生は相変わらず大げさだな。では、またな、萌先生」

「また、とは、もしや、椎葉先生……子供たちとは、どのような約束事を？」

「これからしばらくのあいだは、毎晩、不寝番に立つと……まあ、途中で寝てしまったから、半分しか守れておらんが、それもご愛敬だ」

せめて朝餉でもと勧めたが、そろそろ椎塾にも筆子が来るころだと、椎葉は構わず帰ってしまった。母に報告すると、美津も内心ではたいそう驚いたのだろうが、常のごとく落ち着いた居住まいを崩さなかった。

「子供の勝手とはいえ、さようなご迷惑を……。萌、きちんとお礼は申し上げたのでしょうね？」

「そういえば……お礼もせず仕舞いでした。あまりに呆れてしまったもので……」

これには母も納得し、その日の手習いを済ませると、母娘はそろって煎餅長屋の大家、近蔵のもとに相談に出向いた。

「ふうむ……そいつは難儀な。いったい何が目当てか知らないが、承仙先生のお留守に何かあっちゃ、あたしとしても顔向けできないからね」

銀杏堂とはつき合いも古い。近蔵は自身の店子の悶着のように親身になってくれた。同じ長屋に住まう、萌とは幼なじみの夫婦も同様だった。

「あんた、しばらく銀杏堂で寝泊まりしておいでよ。あんな垣根なぞ、すぐに越えられちまうもの。万一、寝込みを襲われたりしたら一大事だろ？」

女房のお梶が勧め、亭主の米造も、そうだなあと顎をさする。

「不寝番じゃあ、さすがに昼間の仕事に障るが、寝泊まりするだけでも用心にはなるか。とはいえ、おれは腕っぷしはいまひとつだからなあ……襲われても、せいぜい悲鳴を張り上げるくらいしかできねえが」

「もう、頼りないねえ……こうなったら、熊さんや吉ちゃんにも声をかけようか」

お梶が名を挙げたのは、同じ長屋にいる大工や鳶たちだ。いずれも古くからの住人で、萌を小さいころから知っている。近蔵が話を通すと、勇んで番方を買って出てくれた。ひとまず米造を入れた四人が、ふたりずつ日替わりで銀杏堂に寝泊まりするということで話がついた。

思う以上に話が広がってしまい、にわかに萌が恐縮する。女所帯に男を入れるのも、何かと気詰まりなものだが、背に腹は代えられない。標的が子供たちや美弥であるのなら、でき得る限り最善の手段を講じるのが、師匠として母としての務めでもある。美津に続いて、どうぞよしなにと萌も頭を下げた。

「皆さんにはご迷惑をおかけしますが、何卒よろしくお願いします。蓋を開けてみれば、とり越し苦労に終わるかもしれませんが……」

「そうなったら、何よりの幸いじゃない。水くさいことを言わないでちょうだいな」

「何かあってからでは、遅いからな。子供のことだけは、悔やんだりしたくねえもんさ」

からりと返したお梶に対し、亭主は真顔で告げる。

大家の近蔵もうなずいて、話の方向を少し変えた。

「うろついている男には、まったく心当たりがないのだろう？」

「ええ、少なくとも、うちの者は誰も……」

「お美弥坊が乳母と外出をしたときに、つけられたと言ったな。もしや乳母の……お里さんといったか、そっち絡(がら)みじゃねえのかい？」

「あるかもしれないねえ。あの人もまだ、二十三、四だろ？　懸想(けそう)されてるとか昔の男とか……」と、お梶が言い差す。

実を言うと、萌も同じ懸念(けねん)を浮かべたのだが、お里にはきっぱりと否定された。そんな面倒な絡み具合をした男なぞ誰もおらず、何よりお里は歴(れっき)とした亭主もちだ。石工(いしく)で、夫婦の長屋は雑司ヶ谷にある。最初の三月(みつき)ほどはお乳が欠かせず、お里も昼夜を問わず美弥につききりであったが、娘も最近は重湯(おもゆ)などを食せるようになった。いまは月に三、四度、お里を雑司ヶ谷に帰しており、夫婦仲も悪くないようすだ。

お里はひとり目の子を死産していたが、そろそろ次の子供を授かりたいころだろう。美弥には早めに乳離れをさせて、あと半年ほどでお里を亭主のもとに帰すつもりでいた。

「ご亭主以外の男とは、関わるつもりも関わりようもないとのことでした」

乳母の口ぶりを思い出し、苦笑しつつ萌が告げる。

「それじゃあ、ひょっとして、筆子の誰かの父親とか……ほら、たまにあるじゃないか、夫婦別れしてしばらく音沙汰なしだったのが、子供会いたさにひょっこり戻ってくる、なんて話がよ」

「たしかに親が離縁して、お母さんだけという子供も三人ばかりいるけれど……」

「でも、それじゃあ、乳母やさんと美弥ちゃんをつけまわす理由が呑み込めないわ」

お梶のひと言で、急にめまいがしたように、からだが揺れた。

子供会いたさに、という米造の言葉が、わん、と余韻を引いて頭蓋に響くようだ。
もしかすると、相手の狙いは、美弥だろうか――。
頭の中に浮かんだ疑念が、ゆっくりと胸に落ちてくる。
思いのほかに冷たい感触は、それまでとは違った意味での恐怖だった。

長屋の者たちはたいそう気張ってくれたが、まるで計ったように男は姿を見せなかった。諦めたのか、あるいは気まぐれに近いものだったのか、五日経ち十日過ぎても何も起こらない。姿を見たのは卯佐吉とお里だけであり、単なる気のせいだったとも考えられる。

長屋衆の張り番も、十日を区切りとして引きとってもらうことにした。彼らには、寝床よりほかは、ささやかな夕餉と酒くらいしか供していない。それでは申し訳ないと、美津は多めの心づけを、大家の近蔵を通して四人に渡してもらった。

移り気な子供たちは、それより前から話題にもしなくなっていたが、萌の胸にだけ、ひどく収まりの悪いしこりが残った。萌自身は見ていないはずの姿が、日ごとに輪郭を濃くしてゆく。

銀杏堂を覗き、物陰から娘と乳母を覗いていたという男は、もしかすると、美弥の本当の親ではないか――。

その疑念が、どうしても拭いきれなかった。

「あーやま、あーやま！」

腕の中の美弥が、ジタバタする。三月ほど前から言葉を話すようになり、乳母のお里のことは「おーしゃん」と呼ぶのだが、母の萌と祖母の美津はどちらも「あーやま」だ。たぶんお里が萌を「お母さま」と言い、萌が美津を同じに呼ぶから混同しているのだろう。

「あーやま、んもー」

「はいはい、美弥はおんもに行きたいのね」

「今日はわりに暖かですし、いとさまとお出掛けなすってはいかがです？」

萌の肩越しに、お里が美弥に笑いかけながら勧めた。

「あの騒ぎ以来、用心をしてほとんど出歩きませんでしたから、退屈なさっているのでしょう。せっかくのお休みですし、留守居なら私が務めます」

今日の手習いは休みにした。休日は、節句以外は特に決めておらず、他所も塾によってまことにさまざまだ。三日と節句、盆休みは大方の塾では休みとし、銀杏堂も倣っている。三日とは、毎月の一日、十五日、二十八日のことだ。また年に二度、習字をさせる席書や、小浚・大浚の翌日も休みを与える。他は師匠の都合で、主に冠婚葬祭のために休みをとるが、すべて合わせても、年に五十日ほどだろうか。今日のような、ふいの休日はめずらしく、しかも言い出したのは美津である。

「私の古い知り合いが、病で寝つきましてね。かなり加減が悪いようなのです。品川宿まで見舞いに行こうと思うのですが」

美津がそう切り出したのは、煎餅長屋の者たちが引きとっていった翌日だった。

「品川までとなると、結構な道のりになりますね。母上の作法習いを休みにして、出掛けてはいかがです？」

「片方だけを休みにすると、筆子の不平がやかましいでしょう。いっそおまえの手習いも休みとしてはどうですか？」

休日が少ないだけに、子供たちはことさら楽しみにしている。さもありなんと、萌も同意した。

「怪しい輩のおかげで、このところ気を張り詰めていたようですし、たまにはゆるりとお過ごしなさい」

この休日は、母から娘への気遣いであったのかと、ようやく思い至った。相手の不審を恐れるよりも、美弥に関わる者だろうかとの不安の方が大きかった。一切口にはしなかったが、萌を苦しめる恐怖が違う色をしていることを、美津は察していたのかもしれない。

「はい、ありがとうございます、母上。そうさせていただきます」

萌が感謝を伝えると、母も満足そうに微笑した。

美津は朝餉を終えるとすぐに品川に向けて立ち、合わせて乳母にも、明朝までの休みを与えた。まだ昼前の時分で、お里はすでに出仕度を済ませていた。

「これからご亭主のもとに帰るのでしょ？　せっかくのお休みなのに、留守番なんて申し訳ないわ」

「たいした道のりじゃありませんし、どうせ亭主も、石工場から戻るのは夕方になります。おふたりが帰られるまでお待ちしますよ」

お里は気軽に言って、母娘を送り出した。しかし銀杏堂の門前からは、さっぱり前に進まない。

「美弥、やっぱり歩いていくの？」

「う」

「これじゃあ目白不動に着くころには、日が暮れてしまうわね。構わない？」

「あー」

満面の笑みが返る。萌もあきらめて、娘ににっこりと笑い返した。

八月前に初めて立ったのだから、何とも覚束ない足取りだ。萌が手を繋いでも、えっちらおっちらと進むたびに、頭が右に左にふらふらする。

それでも子供の足取りに合わせるのは、大事なことだ。同じ時を重ねるとは、きっとそういうことなのだ。大人にしてみれば途方もなく遅い歩みで、目当ての目的地にすらすんなりと辿り着けない。疲れているときにはやりきれなさが募るが、そのかわり、別の至福がある。

頼りない小さな手が、気持ちの芯に懸命に手を伸ばし、労るようにさすってくれる。抱いたときの熱い重みや、こちらに向けられる無邪気な笑顔が、折にふれてそんなふうに感じられる。

子を育てる親だけがもち得る、何にも代えがたい温もりが確かにあった。

美弥の手が強く引かれ、萌は足を止めた。

「あーやま、うーうー」

　この辺りは寺町で、社寺が軒を連ねている。寺の門前は、毎日のように屋台が立ち並びにぎやかだ。

「はいはい、ここは素通りできないのね。でも、今日は見るだけよ」

　娘に応えながら、引っ張られるようにして参道に足を向けた。あいにくと、ここには子供の目を惹くものが、たんとある。

「あーやま、うしゃい、うしゃい」

「兎の飴は、この前も買ってあげたでしょ」

「あ、くるくる！」

「風車も、うちにありますよ。しかも三本も」

　こうなると、わかってはいた。軽い後悔に襲われながら、あれもこれもとねだる娘をいなし、手を放さぬよう気をつけた。やはり往来とは混み具合が違う。迷子にでもなったら一大事だ。

「あら、萌先生じゃないの！」

　ふいに明るい声がかけられた。ふり向くと、冴えた支子色が目にとび込んできた。

「まあ、秋先生！　お久しぶりにございます」

「お正月以来だから、ほとんど一年ぶりになるかしら。相変わらず、挨拶が堅いわね。歳も近いのだから、もっと気楽にしてちょうだいな」

実家の太物問屋で手習所を開いている、お秋だった。今年の正月に催された師匠同士の新年会で、初めて顔を合わせ、歳は萌より少し上になるはずだ。夫と死別して実家に戻ったそうだが、そんな苦労など微塵も見えない、快活で軽やかな女だった。

「あら、もしかして、その子が娘さん？」

萌の膝辺りを、興味深げにながめる。萌が拾い子を養女としたことは、師匠仲間のあいだでも噂になっていた。お秋の態度はあからさまだが、そのぶん邪気はなさそうだ。腰をかがめて、笑いかける。

「こんにちは、お名は何というの？」

手習師匠なだけに、子供のあつかいにもそつがない。それでも美弥は、ぱっと母親の手を放し、その後ろに隠れてしまった。萌の着物の裾に両手でしがみつき、その陰から怖いものでも見るように、じっとお秋を窺っている。

「ごめんなさい、このところ人見知りを覚えたようで……名は美弥といいます」

「ふふ、構わないわよ。このくらいの歳で人見知りするなんて、頭がいいのね」

世辞もあるだろうが、何事にも正直なお秋の口からきかされると悪い気はしない。

「秋先生の、お連れさまは？」

「ほら、あそこにいるわ。職人気質だから、女同士の話につき合うつもりなぞ、からきしないみたいね」

少し離れたお面屋の前で、所在なげに突っ立っている若い男がいる。実家の太物問屋、讃岐屋に出入りしている仕立職人だという。

「愛想には欠けるけれど、なかなかの男前でしょ？」

「え！　もしやふたりで？」

「そんなにびっくりしないでちょうだい。もう、本当に萌先生は真面目なんだから」

後家という立場で、昼日中から男とそぞろ歩くなんて、厳格な美津に仕込まれた萌には考えられない。職人が、お秋より五つも歳下だときいて、二度びっくりした。

「お秋さんはてっきり……露水先生を気に入ってらっしゃるものと」

後のところは、まわりをはばかって声を潜めた。お秋は志水館の四代目に気があると、はばかりなく明かしていた。しかし当のお秋はまったく頓着せず、ケラケラと笑い出した。

「だって露水先生は、誘いをかけてもちっともなびいてくれないんですもの。いくら図太いあたしでも、脈がないとわかるわ。そんなときにね、あの人と親しくなって……一介の職人と讃岐屋の娘じゃ釣り合いがとれないし、親も良い顔をしないだろうけど、そこがまた冷や冷やして面白いでしょ？」

「……お秋さんたら」

心底呆れながらも、型に嵌まらない逞しさには羨望さえ覚える。

苦笑して、肩の力を抜いたとき、その違和感に気づいた。母の着物に張りついていた、娘の感触が失せている。そろりと肩越しにふり返り、総身が粟立った。

「……美弥？　どこにいるの？」

「え？　あら、大変！　子供って本当に、ちょんの間でも目を離せないわね」

娘の名を呼びながら、目がまわるほどにぐるりを見渡したがどこにもいない。呑気そうにしていたお秋も、さすがに顔色を変え、大声で連れの男を呼ばわった。

「大丈夫、大丈夫よ、萌先生。あたしたちはこの先を探すから、萌先生は元来た道を探してちょうだい」

お秋と仕立職人の手を借りて、参道の端から端まで探しまわった。

「え？　よちよち歩きの小さな女の子？　いや、見なかったなあ……おーい、迷子だってよ、誰か見ちゃいねえかい？」

「いや、おれはとんと。待ってな、その辺の店のもんに、きいてきてやるから」

「何だ、萌先生じゃないか。えっ、お美弥坊がいなくなった？　そいつは大変だ！　誰か、迷子を見なかったか！　二歳の女の子だ！」

こと子供のこととなると、誰もが本気で案じてくれる。連なった屋台の主や通行人、果ては顔見知りまで巻き込んで、参道はもちろんのこと近隣の寺の境内まで虱潰しに当たったが、美弥はどこにもいなかった。

一刻近くも経ったろうか。力尽きて座り込んだ萌のもとに、男がひとり駆けつけた。

「参道のとっつきにいた、汁粉屋台の親父にきいたんだがよ……泣きわめく女の子を抱えて、男がひとり出ていったっていうんだ」

「男って、どんな……どんな風体の人ですか！」

「ほっかむりをした貧しい身なりで、歳は四十くらいだと」

きいたとたん、それまで堪えていた涙が、いっぺんに噴き出した。

「私が、手を放しさえしなければ！　危ない男がうろついていると、わかっていたのに……！」

泣き崩れる萌の背を、お秋は長いことさすってくれた。

「このたびは、たいそうお世話をかけました……いえ、どうぞそれは、お気になさらずに。お連れさまにも、よくよくお礼をお伝えください」

美津がお秋に向かって述べるくだりが、ぼんやりときこえる。

ともに番屋に赴いて迷子の届けを出し、銀杏堂まで送ってくれたのはお秋だった。

茫然自失の体でいた萌には、何もかもが歪んだ夢の世界の出来事のようで、ぶよぶよとした気色の悪いものに覆われて実感が伴わない。お里のすすり泣きがひどく遠くにきこえ、やがて玄関から戻ってきた母も、常のようにしっかりなさい、と発破をかけることはしなかった。

日が暮れるまで、近所の者たちと方々(ほうぼう)を探し続け、萌が疲れきって銀杏堂に帰ると、すでに知らせが届いたのだろう、品川から戻った美津が、沈鬱(ちんうつ)な面持ちで迎えてくれた。お里もまた、亭主の元には戻らずに銀杏堂に留まった。

三人の気持ちを表すかのように、冬の日が急速に陰る。

お里が行灯(あんどん)に火を入れ、食欲なぞまったくわかないものの、何か腹に入れた方がいいからと台所に立った。乳母は女中ではないから、ふだんなら台所に立たせることもないのだが、気を利(き)かせてくれたのだろう。

「おまえが三つの時でした。やはり迷子になったことがありましてね」

ぼんやりと畳の縁(へり)に目を落とす萌の耳に、美津の声がきこえた。

「目白不動の祭礼に三人で出掛けた折に、やはりお父さまのご学友と行き合いましてね。奥方と話に興(きょう)じていた隙(すき)に、おまえがいなくなって……あのときは慌てました」

「……母上が、慌てた？」

「ええ、それはもう。おまえを探し回る姿は、まるで羅刹(らせつ)のごとく凄(すさ)まじかったと、後でお父さまにからかわれました」

幼い萌は、半町(ちょう)も先で催(もよお)されていた大道芸に見入っていて事なきを得たが、見つかるまでのあいだ、美津は胸の中で、目白不動尊に対し、ただひたすらに祈っていたという。

「私の命をさし上げますから、どうぞおまえを無事に帰してくださいと……それだけを念じていました」

「母上……」

「親というのは、そういうものです。それまでは、なさぬ仲だというこだわりが、どこかに残っていたのですが……おまえの姿を見つけたとき、私を認めて嬉しそうに駆け寄ってきたおまえを抱きしめたとき、私は本当の母親になった気がします」

それまで手応えのなかった世界に、美津の情愛だけが流れ込んでくる。涙すら出なくなっていた乾いた瞳から、ふたたび雫がこぼれ出す。美津がにじり寄り、肩を抱く。母の着物の胸が、その雫を吸いとってくれた。

どのくらいそうしていたろうか、玄関の戸が開く音がして、しわがれた声が遠慮がちに訪いを告げた。

びくりと、思わず肩が震え、母の胸から顔を上げた。

美弥が、見つかったのだろうか？　だとしたら、どんな姿で？

心音が狂ったように脈打って、耳すら塞ぐ。母が自ら応対に立ったが、やりとりする声すらよくきこえない。座敷に戻ってきた母に、嚙みつくように問うた。

「美弥の、美弥の行方が知れたのですか？　あの子はどこに！」

「落ち着きなさい。それとはまったく別の、お客さまです」

「こんな折に、お客などとても……。娘がいなくなったというのに！」

美津は背後に、客を伴っていたようだ。暗さで姿は判じられなかったが、思いがけず鋭い声が返る。

「もしや……いなくなったというのは、あの子のことですか？　あの子に、何かあったのですか？」

女の声だった。きき覚えのない声が、妙に親し気に娘を呼ぶ。その違和感が、別の不安を呼んだ。

「ひとまず、お座りください。お話は、それから」

美津に促され、女が座敷に上がる。頭を覆った御高祖頭巾と、立ち居や着物から、武家の妻女と知れた。しかし廊下には、別の影がある。客はもうひとりいるようだ。

「さ、おつきの方も」

「あっしは、ここで……」と、廊下に膝をつく。

「そこは冷えますし、襖を閉めねばなりません。あなたからも、話を伺いたいのです」

美津に再三勧められ、遠慮がちに腰を屈めて入ってくる。その男の姿を判じたとき、思わず萌は声をあげていた。

筒袖に股引、そしてほっかむり。この家をつけ狙っていたという男の装束と、寸分違わない。何を考えるまもなく、しがみつくようにして男に詰め寄っていた。

「美弥を返してください！　あの子をどこにやったのですか！　お願い、美弥を！」

「萌、よしなさい！　おそらく美弥をさらったのは、この者ではありません」

「ですが、お母さま！」

「その者の顔を、ようくご覧なさい」

男が頭にかぶっていた手拭いを外す。真っ白な髪と、しわだらけの顔が現れた。

「美弥を連れ去ったのは、四十くらいの男だとききました。何よりその者では、子供を抱えて走ることなど、とてもできそうには思えません」

腰の力が抜けて、ぺたりと尻をつく。哀れな姿に、武家の女が悄然と呟いた。

「やはり、あの子は……何者かにさらわれたのですか……」

「あなたは、もしや……」

「私はあの子を……いいえ、美弥さまを産んだ、実の親にございます」


美津はいったん中座して、台所にいるお里に茶を頼みにいった。戻ってきて、客の前に膝をそろえる。

「改めまして、お名やご身分を頂戴できますか？」

「私は、吉野と申します。夫は二百石の御家人ですが……家の名と夫のお役目は、障りがありますので堪忍してくださいまし」

武家としてはささやかな身分であり、御高祖頭巾を解いた姿も地味な印象だった。美津もやはり、同様の御家人の娘である。そのせいか、品のいい物腰や抑えた風情には、どこか母と通じるものがある。だからこそ、理不尽に腹が立った。

「あなたさまが、本当に美弥の母なのですか？　あの子を産んで、この家の前に捨てたのですか？」

　正気であれば、もう少し礼を尽くしただろうが、疲弊しきったいまの萌には本音を語るのが精一杯だ。ついつい責め問うようなきつい口調になり、まともに受け止めたもうひとりの母は、悲しそうにうつむいた。

「まことにございます……私が産んで、私が捨てました」

「あんな可愛い子を、どうして！」

　わずかな逡巡の後に、呟くように告げた。

「……不義の子であった故、手放しました」

　鞭打たれでもするように、静かにうなだれる。落ちた沈黙をすくうように、美津がたずねた。

「我が家の前に、置き去りにしたのは、どうしてですか？」

「そいつは、あっしらじゃありやせん！　御新造さまは、産婆の手を通して、御子を里子に出しただけでさ。それがめぐりめぐって、こちらさんに……」

　責められるばかりの女主人が哀れに思えたのか、座敷の隅にいた従者が、懸命に声を張り上げる。

「牟兵衛、お控えなさい。申し遅れました、これは下男の牟兵衛です。私の実家に昔から仕える爺やですが、婚家で人手が足りない折には、手伝いにきておりました」

そこでお里が、茶をはこんできた。盆を受けとって、美津が乳母に糺した。

「お里、美弥と外歩きをした折に、後をついてきたというのは、この人ではありませんか？」

穴があきそうなほどに、じっと下男に目を注ぎ、お里はゆっくりとうなずいた。

「顔はわかりませんが、からだつきなぞは、たしかによく似ております」

「すいやせん……ありゃ、あっしでさ。こちらのお嬢さまが、御新造さまの子供かどうか、どうしても確かめたくって……」

観念したように、下男が深く頭を垂れる。申し訳なさそうに、吉野が後を継いだ。

「牟兵衛に命じたのは私です。胡乱な真似をして、お恥ずかしゅうございます」

「では、その幾日か前に、我が家を覗いていたというのも？」

「へい、それもあっしでさ」

面目なさげに、首をすくめた。

「ですが、寺の境内でながめていて、はっきりとわかりやした。あのお嬢さまは、御新造さまの子に間違いありやせん」

ぴくりと、萌の肩がはずんだ。刃の薄い小刀で、胸を撫(な)でられでもしたようだ。線のように細い傷から、たらりたらりと血が流れ出す。

「吉野さまのお小さいころに、そりゃあもうそっくりで。まるで一足飛びに昔に戻った気がして、幾度も目をこすりやした」

「似ているとは、私には思えません。こちらさまは細面(ほそおもて)ですが美弥はふっくらしておりますし、目鼻も口許もまったく違います!」

これではほとんど八つ当たりだ。わかってはいたが、止められなかった。

「子供のころは、よう顔が変わるものなのですよ。私の甥(おい)も、弟の幼いころにうりふたつで。ですが一、二年経つと、今度は母御の顔に似てきたりと、子供にはよくある話です」

美津はため息交じりに娘をいさめ、ひとまずお里を下がらせた。

「吉野さま、明かせぬ仔細があることは承知しておりますが、できる限りで構いませぬから、初手から追ってお話し願えませんか? 愛娘(まなむすめ)がかどわかされて、その折に、実の母御が訪ねていらした。関わりないと申されても、得心(とくしん)のしようがありませぬ」

美津の態度からすると、決して疑っているわけではなさそうだ。相手を促すために、あえてそのような物言いをしたのだろう。小さく息を吐き、吉野がうなずいた。

「手前味噌のようで気が引けますが、私が嫁いだ旦那さまは、小禄の生まれながら学問に秀で、才に長けた御仁でした」

当人も己を頼みにし、出世の目論見も強かったのだろう。いただいたお役目に励んでいたが、あいにくと上役には恵まれなかった。

「己の才が憎まれたのだと、夫はそう申しておりましたが……我が身を誇り、他を見下すようなところがございましたから、周囲や上役に馴染めなかったのかもしれません。役を解かれ、その半年後に、甲府勤番を賜りました」

「小普請から、甲府勤番ということですか……」

気の毒そうに、美津が相槌を打つ。旗本・御家人を問わず、役目を失った侍を小普請と呼ぶ。遠国とはいえ、役目を得るのは有難い話なのだが、甲府勤番だけは例外だった。

甲州が幕府の直轄地とされたのは、八代吉宗が行った享保の改革のころである。甲府城の主であった柳沢家を転封させて天領としたのは、幕府財政の立て直しを図るために、少しでも多く年貢を徴収するためだった。当時は京・大坂や駿府と同様に、甲斐国を守る大事なお役目だったが、時代が下るにつれてようすが変わった。

山に囲まれた土地故に人気がなく、誰もが赴任を嫌う。いつしか役目にあぶれた小普請や、行いの悪い武士が命じられるようになり、寛政の改革を行った松平定信がそのように計らったときく。俗に「山流し」や「甲州勝手」と称されて、甲府勤番に配された者は、二度と幕府の中枢には戻れないとも囁かれる。

美津はそのような事情を承知しているらしく、はっきりとは口にしないものの、吉野やその夫に対して同情めいた素振りを見せた。

「なまじ上を見据えていただけに、旦那さまの沈みようは哀れなほどで……半ば自棄を起こすように、下男ひとりだけを伴って、甲府に行ってしまわれました」

「では、奥方はご一緒には？」

「その当時、姑が卒中を起こして寝たきりでしたので、その世話もありましたから」

病の義母とともに、妻は江戸に残された。二百石とはいえ非役の御家人では、暮らしもきつい。女中と下男をひとりずつ雇うのが精一杯で、下男が主人とともに甲府に下ってからは、五日に一度ほど、実家から牟兵衛に来てもらい、薪割(まきわり)や力仕事などを頼んでいた。

甲府に行った夫からは、便りすらほとんどなく、たまに訪れる親類や夫の友人から、思い出したように消息が知らされるだけだった。そのどれもが、芳(かんば)しいものではない。

「望みが絶えて、捨て鉢になってしまったようで……毎日、浴びるほど酒を呑み、ねんごろになった女子(おなご)もいると……」

夫の先行きが途絶(とだ)えたと同時に、吉野の人生も潰(つい)えた。夫は傍(そば)におらず、子供もいない。ただ姑の世話にだけ明け暮れする日々の中で、たったひとつ、ささやかな生き甲斐を吉野は見つけた。

甲府での消息を、折にふれて知らせてくれた、夫の友人である。

夫が元の役目にいたころの同輩で、甲府勤番を務める別の友人から、ようすを得ては吉野に伝え、また何くれとなく相談相手になってくれた。

不義という一語には反感を覚えるものの、吉野の気持ちは萌にもわかるように思える。

夫はもはや頼みにならず、おいそれと実家に戻るわけにもいかない。

孤独と不安で、押し潰されそうになっていたに違いない。

人は暗がりにいれば、小さな灯りにすがろうとする。たとえそれが紛い物だとわかっていても、羽虫のように惹かれていく。

「ご妻女のいるのを承知で、その方と……己の愚かさに気づいたのは、子を身籠ってからでした」

子供ができたと知るや、相手はあからさまに逃げ腰になり、吉野の元には足を向けなくなった。

「何と身勝手で、実のない殿方か」

憤慨した美津が、ぼそりとこぼす。吉野は、弱々しく笑った。

「実のないのは、私も同じです……一度は子供を、堕ろそうと決めたのですから」

「どうして、思い留まったのですか？」

「懐妊を知った姑が、ことのほか喜んでくれたからです」

いったいどういうことかと、美津と萌が思わず目を見合わせる。

「倒れて以来、姑は物覚えもだんだんと悪うなって……そのころには、すっかり呆けていたのです。息子が甲府へ旅立ったことすら忘れて、いまも江戸のお役目に就いていると、家に帰らぬのも単に役目で忙しいためだと、そう思い込んでおりました」

　吉野の悪阻の兆候に、いち早く気づいたものの、腹にいるのが自分の血を受け継いだ孫だと、姑は信じて疑わなかった。不自由なからだや言葉で、しきりに大事にするようくり返し嫁に含める。

「幸せそうな姑を見るたびに、決心が鈍りました……この世の誰も、母親の私にさえ望まれていないというのに、母上だけはこんなにも、無事に生まれてほしいと願っている……もちろん、姑を騙していることは百も承知していましたが、お腹の中で子が育つにつれて、私もだんだんと愛おしくなって……」

　じわり、とふたたび、細い傷から赤いものがしみ出す。どんなに娘に情を注いでも、萌には決して知ることのできない情愛だった。

　同時に、改めて美弥の不憫さが、胸に迫った。

　この世の誰にも望まれない――娘の、美弥の境遇は、萌自身の身の上と重なった。

「牟兵衛の昔馴染みに産婆がおり、その家で密かに子供を産みました」

腹が目立つようになると、病を理由に外には出ず、もともと姑の看病につききりであったから、近所にもとり立てて親しい者はいない。組屋敷とは、同じ役目を担う者たちの住まいだが、非役の小普請組組屋敷にはそのような繋がりもなかった。牟兵衛はもちろん、吉野が嫁いでから雇われた女中も、味方についてくれた。臨月になると、姑には実家に帰ると言い訳して産婆の家で半月ほど厄介になり、無事に女の子を出産した。

「男子でなかったにもかかわらず、母上は心から喜んでくださいました。すでにたいそう弱っていらして、孫の顔を見ることだけが支えになっていたのでしょう……それからわずか二日後に亡くなりました」

呆けていたとはいえ、心から美弥の誕生を祝ってくれた者がいる。何よりの救いである一方で、いわば死ぬ間際まで謀られていた事実は哀れでならない。吉野もまた、負い目は感じていたのだろう、ひどく複雑な影をその顔にたたえていた。

「お姑さまが亡くなられて、用済みになった美弥を、この家の前に捨てたのですか」

はっと吉野が顔を上げ、萌を見詰めた。この人には、何も言えない。何を言う立場にいない。知った上で、萌は責めている。弱い者いじめと同じだと、わかってはいた。それでも、娘の行方が知れない不安と慟哭に、抗う術が他になかった。

「仰る、とおりです……不義の子を、手許に置くことはできません……私はただ、己の身を守るためだけに、あの子を捨てました……」

　薄い唇を、きゅっと引き結ぶ。口で抑えたものが目からこぼれ出るように、はらはらと涙が滴った。それすらいまの萌には腹立たしくてならないが、たまりかねたように爺やが叫んだ。

「そうじゃねえんでさ！　吉野さまはただ、産婆を通してお嬢さまを里子に出しただけなんで！　こちらさまに厄介をかけるなんざ、夢にも思っておりやせんでした」

「それは、どういうことです？　あなた方が、美弥をこの家の前に置いたわけではないのですか？」

「あんな寒空に、赤子を置き去りにするなんて、とんでもねえ！　あっしは確かに、この手でお嬢さまを抱いて、産婆に渡しやした。里子先にも礼金をはずんで……なのに、あいつらときたら……」

「あいつら、とは……？」

美津の問いには、吉野がこたえた。こぼした涙は、すでに頬から拭われていた。

「いまさらの身勝手と、よく承知しておりますが、牟兵衛に頼んで子供の居所を探させました。産婆が託した家にはおらず、別の家にさらに里子に出されたと知りました」

「その二軒目というのが、どうやらちょくちょく里子買いをしていたようで。旦那さまのご威光をお借りして散々脅してやったところ、ようやく白状したんでさ。一年以上も前に、小日向の手習所の前に置いてきたと」

唾をとばしながら、爺やが懸命に弁明する。旦那さまとは、牟兵衛が本来仕えている、吉野の実家の長兄のようだ。

「では、二軒の里子先を経て、あの子はこの家に来たと？」

「どっちも礼金目当てで、お嬢さまを引きとって、さっさと厄介払いしちまった。一軒目の里子先では、曲がりなりにも半年ほどは世話をしたようでやすが、二軒目の先は、もっとあくどい。そうした厄介子を、わずかな駄賃でもらい受けては方々に捨てちまう。どうやらこちらさんが、だいぶ前にも捨子を拾ったとの噂をきいて、置いてみる気になったようで」

「その捨子が、私です」

放ったとたん、それまで丸まっていた背が、自ずと伸びた。

驚いた形相の、吉野と牟兵衛の目をしかと見返す。何を考える間もなく、口から言葉があふれ出る。

「私もまた、親から見放された子供でした。ですが不憫なぞ、毛ほども感じず過ごしてきました。ここにいる母と、いまは大坂にいる父のおかげです。ふたりが実の娘同様に、いいえ、それ以上の情をもって育ててくれたからこそ、いまの私があるのです」

承仙と美津の娘であったことを、こんなにも誇らしく思っていたのかと、語りながら萌自身が思い知った。その情愛に、ほんのわずかな疑いすら抱かぬほどに、隙間なく萌を包んでくれた。感謝とともに沸々と湧いてくるのは、自分を信じ、頼みにする気概だった。

この銀杏堂で、萌は実にさまざまな子供たちを見てきた。中には実の親から邪険にされたり、ろくに構ってもらえず、殴る蹴るされる者すらいた。そういう子供たちを見るたびに、身が切り刻まれる思いがし、同時に自分の幸運を噛みしめた。だからこそ、自信をもって萌は言える。

「親子を繋ぐのは、血ではなく情です。ただ子を慈しむ情こそが、その年月こそが本当の絆だと、私の父母は教えてくれました。同じものを、この一年余のあいだ、私は美弥に注いできました。それだけは、私の誇りです」

どんな仕打ちよりも痛みを伴って、実の母に深く刺さったようだ。打ちひしがれたように、吉野が肩を落とす。その後ろで爺やも黙り込んでしまったが、決してふたりを責めるために放ったわけではない。

美津だけは、娘の意図を察したように深くうなずいた。萌にあるのは、ただ純粋な感謝だけだった。

「お母さま、私は美弥にも、この気持ちを伝えてあげとうございます」

「そのためには、何としても探し出さねばなりませんね。あまりに間合いがよいので疑いも抱きましたが、どうやらこの方々は、人さらいではなさそうですし」

何かが、頭に弾けた。母の言葉が、萌の閃きを生んだ。

「間合いがよいとは言い得て妙です。もしかしたら……美弥をさらったのは、二軒目の引き取り手である、里子買いではないでしょうか？」

え、と美津だけでなく、吉野と爺やも驚いて顔を上げる。

「届けもなしに、勝手に子供をやりとりするだけで罪になります。ましてや里子買いとなれば、重い罰を受けましょう。爺やさんに脅されて、怖くなったのかもしれません。訴えられるのを恐れ、先回りしてあの子をとり戻そうとしたのでは」

一軒目の里子先では、美弥の所在を知りようがない。銀杏堂にいると承知しているのは、二軒目の里子買いだけだ。

「爺やさん、その家まで案内してもらえませんか？」

「へい、お安い御用です。場所は本郷になりまさ」

牟兵衛が力強く請け合って、美津もいつになく慌ただしく腰を浮かせた。

「萌、近蔵さんに頼んで、煎餅長屋の衆にも加勢していただきましょう。私が頼んできます」

萌も出仕度のために立とうとすると、吉野が言った。

「後生ですから、私もご一緒させてくださいまし。出過ぎたふるまいと承知してはおりますが、あの子の無事をこの目で確かめとうございます。どうか、お願いいたします」

萌に向かって、ひたすら頭を下げ続ける。

親としては情けなくとも、この人もやはり母なのだ――。

吉野の頭を上げさせて、ただ一言だけ萌は告げた。

「行きましょう」


真冬の夜半にもかかわらず、大家の近蔵と幼馴染みの米造に加え、過日、銀杏堂に泊まり込み、張り番をしてくれたふたりも加わって、ぞろぞろと打ちそろって小日向から江戸川沿いを東に抜けて外堀に出た。この辺りは軒並み武家屋敷ばかりが立ち並び、ことさら寂しい風情だが、広大な水戸(みと)屋敷を過ぎると本郷の町屋がある。

すでに夜はだいぶ更(ふ)けていたが、幸い町木戸(まちきど)が閉まる夜四(よ)つにはいたっていない。

本郷の木戸を過ぎたところで、牟兵衛がその先を指さした。

「たしか、ここの一町(ちょう)先辺りでさ。常八(つねはち)ってえ四十くれえの男で、凧師(たこし)をしているそうですが、目を傷(いた)めてからあまり仕事ができなくなったとかで、里子買いなぞに手を染めたようで」

美津とお里は銀杏堂に残し、御高祖頭巾で顔を隠した吉野については、美津の遠縁の者だと、長屋の衆には告げてある。美弥らしき子供を連れ去った男に、心当たりがあるとの方便を通すことにした。

着いたところはあたりまえの裏長屋で、こんな町中で里子買いという悪事を働いていたのかと、改めて萌は驚いた。煎餅長屋の大家が渋い顔をする。

「きっと、あらかじめ場所を見繕っておいて、子供を受けとったら家には置かず、すぐさま捨てちまったんだろう」

「それなら美弥も……すでに別の場所に、捨てられたのでしょうか？」

「いや、決してそうとは……今日のかどわかしは、そいつにとっちゃ測りがたい出来事だ。ひと晩くれえは留めておくんじゃねえかな」

米造が、木戸の脇にある八百屋をたたき起こし、長屋の木戸を開けさせるあいだ、近蔵が言い訳気味に慰める。しかし近蔵の予見は、当たっていた。しんと寝静まっていた木戸の向こうから、にわかに幼い泣き声が響いた。

「あれは……美弥です！　美弥の声に間違いありません！」

たちまちのうちに、萌の頭は娘で一杯になった。我を忘れて、木戸にとりすがる。

「美弥、美弥！　母さまはここよ！　おまえを迎えにきたのよ！　返事してちょうだい、美弥！」

　八百屋の主人が、何事かと訝（いぶか）りながらも木戸を内側から開けてくれた。真っ先にとび込もうとする萌の肩を、米造が押さえる。

「萌ちゃん、こっからはおれたちに任してくんな。急がねえと、咎人（とがにん）の男が、お美弥坊の口を塞ぎかねねえ」

　八百屋の主人から常八の家を確かめて、四人の男がそれっとばかりにどぶ板をきしませながら奥へと向かう。萌と吉野も、急いでその後を追った。常八の家は長屋の中ほどに当たり、声はやはり、その中からきこえてくる。入口障子（しょうじ）を乱暴に叩（たた）きながら、近蔵が声を張り上げた。

「やい、常八！　とっとと、お美弥坊を返しやがれ！　ここにいるのはわかってるんだ、さっさとしねえと、長屋ごと打ち壊すぞ！」

　近蔵が言い終わらぬうちに、気の早い鳶（とび）の男が、つっかい棒ごと障子戸を蹴破（けやぶ）った。娘の泣き声が、さらに大きく響く。なだれ込んだ男たちが遠慮なしに奥へ踏み込み、萌は戸口から真っ暗な内に向かって、ただ娘の名を叫び続けた。

「美弥！　美弥！」

「あーやま！　あーやま！」

暗がりに必死に伸ばした手に、熱くやわらかなものが押しつけられた。誰かの手が美弥をとり戻し、萌に渡してくれたようだ。顔を確かめるより前に、熱い重みと乳くさいにおいは、間違えようもない。

「美弥……よく無事で……ごめんなさい、ごめんなさいね、怖い思いをさせてしまって……母さまを許してね」

「あーやまあ、あーやまあ！」

萌にしがみつき、泣きじゃくる娘を、きつく抱きしめた。

この温もりを、二度と放すまい。放してはならないと、娘を抱く手に力を込めた。

——おまえを抱きしめたとき、私は本当の母親になった気がします。

最前語られた、美津の声がきこえてくる。

「お母さま、私もようやくわかりました。美弥は私のかけがえのない娘で、私は美弥の母親です」

男たちは、長屋の内から常八とその女房を引きずり出したり、長屋の大家を叩き起こして訴えたりと大忙しだが、ふと気づくと、御高祖頭巾の女がひっそりと立っていた。

美弥を抱いたまま、吉野の元に行く。

「この子が、美弥です」

抱かせてやろうとしたが、美弥は萌の首にしがみついたまま離れない。

「いやー！　あーやま！　あーやま！」

美弥の抵抗は、何よりも実の母に応えたのかもしれない。吉野が黙って首を横にふる。

「もう一度、この子の母になれたらと、詮（せん）なき望みをもちました……ですがこの子の母は、すでに私ではありません」

「吉野さま……」

「どうぞこの子を、お願いいたします」

深々と腰を折る。頭を上げたとき、最後にふたりの母は目を合わせた。

目許がたしかに、美弥に似ていた。

もうひとりの母は、爺やとともに夜の闇（やみ）に紛（まぎ）れていった。

「どうしてあの方は、いまになって美弥をとり戻しにきたのでしょうか？」

美弥を案じるあまりに動顛し、肝心のその理由をきいていなかったことに、後になって萌は思い至った。

「お姑さまが亡くなられたのですから、吉野さまも甲府に赴くべきでしょうが……ごようすからすると、違うようにも見受けられましたね。もしかしたら、離縁するおつもりかもしれません」

「ひとりで美弥を、育てようとしていたのでしょうか？」

芯の強そうな、面差しが浮かんだ。不義の子では、実家に連れ帰るわけにもいくまい。

「かもしれませんね。武家の後家には、身過ぎの方途もありましょうから」

「それこそ、手習師匠なぞも……」

「どうでしょうね」

他愛ない推量は早めに打ち切って、美津は厳しい顔を萌に向けた。

「今日は大浚だというのに、ずいぶんと安穏としておりますね。仕度は整いましたか？　昨年のように間際になって慌てたり、問いを間違えたりなどの粗相はご免ですよ」

萌が初の大浚を担ったのは、去年、父から銀杏堂を託されて、わずか三月後のことだった。その前から、萌は父を手伝っていたために勝手はわかっているつもりだった。しかしひとりでこなすのは思う以上に大変で、頻々と失敗をやらかした。あのときの大浚を思い出すと、いまでも冷や汗が出る。

「今年は万事抜かりなく！　お任せください、母上」

美津に宣言し、気を張って臨んだが、めずらしく真面目な面持ちで、ずらりと居並んだ筆子を前にすると、たちまち鼓動がはね上がった。十四人の子供たちが、今日はひとりも欠けることなく顔を見せている。

　父の承仙に代わって若い女師匠が教えることに、不安を覚える親もいた。数人が手習所を去り、けれど幸いにも、銀杏堂の評判を大きく下げることはなかったようだ。この一年と三月のうちに、無事に下山した者もいたが、同じ数だけ入門者も迎えた。差し引きすると、去年のいまごろと同じ数、十四人を教えている。

「では、これより大浚をはじめます。呼ばれた者からひとりずつ、私の前へ来るように」

　声が多少上ずってしまったが、試験の開始を告げた。

とはいえ十四人の子供たちは、教本も進み具合も違う。同じ者は、ただのひとりもいない。故に浚もひとりずつ行わなければならず、手習い歴の若い子供から順に前に呼び出した。

まずは今年入ったふたりを順に呼び、仮名の書き取りや、数を一から百まで唱えさせたりした。入門はふた月しか差がないのだが、武家の息子と職人の倅であるだけに、やはり初手から違う。ただ、どちらも勉学は嫌いなようで、歳も同じ六歳。そして身分にかかわりなく、とても仲が良い。まるで増之介と角太郎の幼いころを見るようで、厄介な予感を覚えつつ、どこか微笑ましい。

「次は、卯佐吉ですね。前へいらっしゃい」

「先生、おいら人さらいが心配で、あんまし身が入らなかったんだ」

浚の開始前に、口を尖らせて言い訳する。やはりくすぐったさがこみ上げたが、真面目な顔を崩さずに、あえて厳しく告げる。

「卯佐吉、理由はどうあれ浚に手加減はできませんよ。九九の五の段までは、覚えてきましたか？」

四の段で二度ほどつまずいたものの、どうにか暗唱を終え、読みと簡単な漢字を浚わせる。

姉妹で通う者もふた組いて、まちとみきは概ね素直で難がない。もう一組の姉妹の方は、少々手がかかる。

姉のなおは、読み書き算盤どちらも苦手だが、はしっこさばかりは抜きん出ている。駆けっこや木登りは誰にも負けず、年上の男の子にも容赦なく突っかかっていく。それでも姐御肌というか、目下の者を庇い立てする気概がある。世間に出れば、学問よりもよほど頼みとなろう。進みは捗々しくないものの、基礎だけは修められようし、さほどの心配はしていない。妹のさちは甘えん坊ではあるものの人懐こい。

個性はそれぞれだが、七、八歳くらいまではまだ、教えに大差はない。入門して二、三年が経つと、それぞれの家に合わせた往来物が入ってきたり、得意も好みも実にさまざまだ。

たとえば、算術が好きな子供でも、算盤や暗算が速いばかりではない。

十歳の忠八は百姓の倅にもかかわらず、図形問答が得手だった。辺の長さや面積やらを、田畑になぞらえて難なく解いた。

しかし算術にかけては、伊三太に敵う者はない。両替商という恵まれた家に生まれながらも、一時は算術師になりたいと思い詰めたのもうなずける。いまは落ち着いて、家を継ぐ決心を固めたようだが、遠い将来、この子は算術家として名を馳せるかもしれないと、そんな期待を抱かせる。すでに今年の春、銀杏堂を下山したが、いまも時折椎塾に通って、椎葉から算術を教わっていた。

伊三太のような子供は十年にひとりの逸材であり、学問嫌いな方がむしろ多かろう。

散々手こずらされた、増之介と角太郎が筆頭に上がる。

師匠としては甚だあつかいづらい筆子であったが、それでもおかしなもので、こうして下山を控えて思い返すと、苦労させられたぶん強く焼きつけられていて感慨すら覚える。態度の不遜は不器用の現れだと、理解できたためかもしれない。

「子のたまわく、学びて時に之を習う、また説ばしからずや。朋遠方より来る有り、また楽しからずや。人知らずして慍ず、また君子ならずや」

増之介は武士の倅だ。『論語』は必須であり、長大な本編のうち、ほんのさわりにしか至らなかったが、どうにか最初の学而編だけは暗唱できるようになった。一年前にくらべれば、たいそうな頑張りようだ。

「いまさら遅いけど、『百姓往来』じゃなく、『商家』か『稼』にしとくんだった」

角太郎は往来を音読してから、そうぼやいた。親類の餅屋に養子に行くことは、先だって萌もきかされた。

「角太郎は器用だから、きっと心配は要りませんよ」

励ますと、照れ笑いを浮かべる。増之介も角太郎も自分たちの行く末を憂えていたが、ひとまずは落ち着きどころを見つけたようだ。先のことは誰にもわからないが、世間の風当たりにめげることはあっても、乗り越えてほしいと切に願った。

一方で、ソウマオウ騒動のまん中にいた桃助は、浚の出来は申し分ない。試しに本草についても、二、三問うてみたが、すらすらとこたえる。与えた本草書はほとんど覚えてしまったようで、次は別の書物を与えると萌は約束した。

「先生、金太は次の正月で五歳になります。少し早いけれど、春からここに通ってもいいですか？　その方が、おいらも心配ないし」

「五歳なら、構いませんよ。その歳で入門する子もおりますからね」

桃助の顔がほころんで、嬉しそうに退席する。その背中を見送りながら、いまはここにいない子供たちを思った。

りつや信平である。

銀杏堂が代替わりする折にやめていったりつは、移った先の師匠が怖い、銀杏堂に戻りたいと泣いていた。しかし『春声庵』の塾長たる茂子は、決して鬼ではない。師匠としての本分をわきまえた、懐の深い立派な先達である。りつは和歌という茂子との接点と、新しい居場所を見つけた。

塾をえらぶ余裕のある家はまだいい。信平の場合は、もっと深刻だった。

父親を亡くして、たった十歳で家族を支えねばならなくなって、銀杏堂をやめざるを得なかった。教育が受けられぬのは、子供にとっての何よりの不幸だ。一方で、学問の多寡と子供本人の幸せは、また別のところにあると萌は考えるようになった。

手習師匠としては声高に口にすべきことではなく、また学問は、いずれ大人になったとき、何よりの頼みの綱になることは確かだ。それでも人の幸不幸は、学問だけでは測れない。測れないからこそ、意味があるのだ。

信平は、良い親方に出会い、型彫師になる修業をはじめた。親方の五十蔵とともに、月に二度ほどは、銀杏堂へも通ってくる。信平の前途は明るいと萌は信じていた。

違う意味で、悲しい子供もいる。皆と同じあたりまえの手習いがこなせない、変わり者でまわりと馴染めない。手習所という人生のとっかかりでしくじって、放逐された子供たちだ。

椎葉哲二は、そういう者たちばかりを集めて、椎塾を開いた。たとえ人並から外れていても、子供というものはすべからく、何らかの才に恵まれている——。椎葉には、その信念がある。教育の本質と子供の可能性を、椎塾は萌に見せてくれた。

「大浚は、これで仕舞いです。皆、よく頑張りましたね。明日一日は休みとして、浚の出来は、明後日申し渡します」

長い一日がようやく終わり、子供たちは大急ぎで片づけを済ませると、歓声をあげながらとび出していく。萌も肩の力を抜いて、年寄りくさく首をまわす。去年よりはだいぶましになったものの、二、三の不束はやらかして、知らず知らずに肩が凝っていた。

ふと見ると、座敷の隅に未だふたりの筆子がもじもじしている。

「そのう、萌先生……出来栄えは、どんなもんかな？　今日帰ったら、親父に言わねえとならねんだ」

「おれもおれも。たぶん、親父が待ち構えているはずなんだ……下山できるだけの出来に及んだのかどうかって」

　この大浚に下山の成否がかかっている、増之介と角太郎だ。悪童(あくどう)には似つかわしくない心配ぶりに顔がほころびそうになるのを堪え、あえてしかつめ顔でこたえた。

「そうですね、正直なところ、お世辞にも満足な出来とは言いかねますが……」

　角太郎が顔面蒼白になり、増之介はがっくりと頭を垂れる。

「それでも一年前のあなたたちから見れば、たいそうな上達ぶりです。多少の不足はあれど、下山には申し分ありません。手習いは今月いっぱいまで。師走(しわす)三日に、下山の式を行いますからね。親御さまにも、そうお伝えなさい」

　ふたりがまさにとび上がり、抱き合って喜びを分かち合う。

　師走の初旬、ふたりは無事に下山に至った。

　翌日から、また同じ日々がはじまったものの、妙に手習い座敷が寂しくなったように萌には感じられた。

「おはようございます、萌先生」

「おはようございます。今日はいつもより早いのね」

「おはよ、萌先生」

「おはよう。ほっぺたに、朝ご飯が残ってますよ」

いけね、と頬についた飯粒を口に放り込み、バタバタと駆けていく。

いつもどおりの朝を迎え、いつもどおりの慌ただしい日常がくり返される。それでも同じ日は、一日たりともない。子供たちは本当に、日進月歩するからだ。おや、いつのまにこんなに大人びたのかと、改めて気づくこともあれば、ほんの些細なきっかけで、いきなり伸びる子供もいる。目を離す隙も退屈する暇もなく、ただただ忙しない限りだが、だからこそ子供は輝いて見えるのだ。

子供たちを迎え終えると、萌は大銀杏を仰いだ。

師走も半ば――。金の衣は見る影もなく、化粧を落とした女人のごとく飾りのない姿だが、銀杏はむしろそれを誇るかのように、空に向かって凛と枝を伸ばしていた。

「ふたり分、席が空いたというのに、騒々しさは変わりませんね」

美津が門前にやってきて、萌の傍らに立った。

「ええ、本当に……子供たちの顔を見ると、よけいにそう思えます」

「子供というものは、現在だけを生きておりますからね。来し方に思いをめぐらせるのは、大人だけです」

しばし母と並んで、大銀杏をながめた。葉を落とした木は、外からは枯れても見えるが、内では着々と、翌年にまた葉を繁らせるための仕度を整えていた。

思えば落葉樹は、手習所に似ている。一年一年葉を落とし、また新たな芽吹きを迎える。手習所もやはり、毎年登山と下山をくり返し、筆子の顔ぶれが変わる。増之介と角太郎が去っても、また来年、新しい筆子を迎える。

今度は、どんな子供たちだろうか——。男の子だろうか、女の子だろうか。親の仕事もさまざまで、何より子供の個性は、まことに千差万別だ。数えきれないほどの子供たちを見てきたが、ひとりとして、同じ性質の者はいない。

父から託されたころは、それが不安の種だった。自分の行いひとつ言葉ひとつで、大事な芽を摘みとってしまうのではないか——。その不安はいまも消えてはいない。ただ、不安を戒めに変えてもち続けるのは、悪いことではない。初心を忘れずにいるに等しいと、この一年半のあいだに学んだ。

いまは不安はあっても、どんな子供に出会えるか、その楽しみの方が大きい。

「そういえば、言い忘れておりました。お父さまから便りが届いて、今年の暮れまでには帰るそうですよ」

「あら、まあ、急なお戻りですこと」

「美弥が話すようになったと書き送りましたら、いまのうちにじいじを覚えさせねばと、気が急いたようですね」

いかにも父の承仙らしいと、萌が笑う。始業前の子供たちの、もっともかしましい喧噪に、乳母と遊ぶ娘の声が重なる。

あたりまえの日々が、何よりも尊く有難い。

銀杏の枝で幾重にも分かたれた空は、思いのほか青かった。

解説——子どもたちを導きつつ成長していくヒロインの凜とした姿

書評家　吉田伸子

私たちはもしかしたら大事なものを見失っているのかもしれない。そんなふうに感じることがある。

二十一世紀の今、各家庭にはＰＣがあり、家族それぞれが自分のスマホやタブレットを持っていることが当たり前のようになっている。先日、ベビーカーに乗った幼子をあやすのに、母親がタブレットを取り出して、その子に触らせている（母親は自分のスマホで動画を視聴）のを見て、あぁ、私は今、未来にいるんだな、と思った（変な言い方かもしれないけれど、その時はしみじみとそう思ったのだ）。車は空を飛んではいないけれど、無人運転の車が行き交う日はそう遠くないはずだし、人型ロボットが日常使いされる日も近いはずだ。

簡単、便利の二文字は暮らしの隅々に浸透していて、インターネットを使えば、朝に注文した品物を、夕方届けてもらうことだって可能。誰かとやりとりするのはメールかＬＩＮＥで、タイムラグが生じる手紙や葉書といったツールは、もはや〝こだわり〟や〝趣味〟の領域といった感じ。

技術の進歩は、暮らしにさまざまなメリットを与えてくれている。それを豊かさ、と呼ぶこともできるだろう。けれど、ふと思うのだ。私たちの〝心〟はどうなんだろう、と。濡れた犬をさらに叩くような（しかも素手ではなくて棒切れで）所行や、匿名性を担保にした、誰かや何かに対しての中傷や差別。そんなことを安易にしてしまえるのは、心が豊かではないことの証しなのではないか、と。

そんな時、私が手を伸ばしたくなるのは、時代小説だ。今とは比較にならないくらい、ただ生きていくことさえ厳しかった時代。生まれ落ちた身分から逃れられることなく、望むままに自分の道を歩むことなど、到底許されなかった時代。女というだけで、未来を閉ざされていた時代。けれど、そんな時代にあっても、助け合い、労りあって日々を送る人々の姿、を読みたいのだ。義理とか人情とか人としての筋とか、そういうものを読みたいのだ。そして、自分が見失ったり、見失いつつある大事なことを、引き止めておきたいのだ。

『銀杏手ならい』は、そういう時に手に取るのにどんぴしゃな一冊である。何より、これからを生きる子どもたちを教える場所、手習所が舞台、というのがいい。そう、江戸時代だろうと、令和の現代だろうと、子どもたちというのは、いつの世でも社会にとって「希望」なのだ。「希望」でなくてはならないのだ。だからこそ、その子どもたちを教え育てることが、どんなに大切なことか。

小日向水道町にある一軒家、そこに手習所『銀杏堂』を開いたのは、武蔵国忍城下で生糸問屋を営む裕福な商家の次男として生まれた嶋村承仙と、御家人の娘・美津。夫婦となって五年後に『銀杏堂』を開いて以来、二十五年、地元小日向の者たちからも親しまれている。二人には一人娘の萌がいる。萌は二十歳の時に母の実家に勧められて御家人の家に嫁いだものの、きっかり三年で実家に戻された。子をなすことができなかったからだ。

それが一年前のこと。嫁入り前から手習所を手伝っていた萌だったので、再び『銀杏堂』を手伝うことにしたのだが、承仙が隠居を言い出したことから、子どもたちに読み書き算盤を教える役目は、萌に一任されることに。困惑する萌を尻目に、承仙は、老い先短い身の上だから、と若い頃に知り合った学問仲間に会いに、上方へ行ってしまう。そんなこんなで、ただ今の『銀杏堂』は、萌が女主となっている。

『銀杏堂』に教えを受けに来ている子どもたちの顔ぶれはさまざまで、「小禄の武家の子息もいれば、職人、商人、あるいはその日暮らしの裏長屋の子」もいる。さまざまなのはかおぶれだけではない。能力もまた、十人十色だ。算術が苦手だが、読み書きは得意な子。その逆で、読み書きより算術が達者な子。手習所に通い始める年もばらばらだ。

手習所で肝要なのは、手習所に通う筆子たち、「それぞれの身の丈に合った学習」なのである。

それでも、そんな学びの場からこぼれてしまう子も、いる。そんな子どもたちの受け皿になっているのが、「呑んべ師匠」に出てくる椎葉哲二だ。『椎塾』の主である椎葉は、その風体――ぼさぼさの総髪に髭面に色褪せた着物――はまだしも、手習所だというのに、四六時中酒を手放さない。見るからに怪しい椎葉だが、上方へ旅立つ前に、承仙が萌に、何かあったら頼ってみよと言ったのが、この椎葉だった。

『椎塾』は手習所でありながら、子どもたちに読み書き算盤は、一切させていないのだが、そこには訳があった。彼らは「他所の手習所で落ちこぼれた者たち」だったのだ。以前は『銀杏堂』に通っていた乙助は、読み書きだけがまったくできなかった子だ。知恵が足りないわけでもなく、言葉もはきはきとしているのに、どうしても文字をおぼえることができないのだ。けれど、『椎塾』に移った今では、乙助は耳の良さを生かし、椎葉が読んだ蘭語の単語を覚えることに夢中になっている。乙助同様、読み書きに難のある昇吉は、その分算術に関しては大人に負けないほどの才があるし、学問のたぐいは一切受け付けない耕作は、抜群に手先が器用で『椎塾』でも一心に木を彫っている。

『椎塾』に通う彼らは、今で言うなら「学習障害」を抱えていると思しき子たちだ。けれど、椎葉はそんなレッテルを貼りはしない。

「ここに来る者たちは皆、子供ながら心に傷を負っている。手習所という最初に出会った世間から弾かれて、己には値がないとの印を押された。どんなことでもいい、大人からすれば無益に見える事柄でも構わない。己にも得手がある、できることがあると気づかせてやるのが何よりの一義。たとえ人並みには及ばずとも、己を信ずることさえできれば、この先も生きていけよう。椎塾は、そのためにあると……」

この椎葉の言葉には、思わず目頭が熱くなる。レッテルを貼るのではなく、個性を生かすこと。その個性を拠り所として自分を信じることこそが、この先彼らの人生を支えるであろうこと。

萌は萌で、そんな椎葉を眩しく、軽い嫉妬――椎葉の持つ確固たる信念を、萌はうらやましく思うのだ――を感じつつも、相通じるものを感じる。「子供たちひとりひとりを疎かにしたくない」、それが萌と椎葉の共通の思いなのだ。

物語は萌と『銀杏堂』にやってくる子どもたちのドラマと並行して、「捨てる神　拾う神」で萌が拾い、育てることを決意した捨子＝美弥とのドラマも描かれる。そしてそれは、自身もまた捨子であった萌自身のドラマにも重なっていく。

収録されている七編はどれもそれぞれに味わい深いのだが、個人的には「五十の手習い」がなかでも印象に残った。そこで語られる、萌の教育観がいいのだ。江戸にはその日暮らしの者たちが大勢いて、蓄えなど持ちえない彼らは、子どもを手習所に通わせることもままならない。「本当なら、こういう子供たちにこそ、学問は必要なのだ」「学問こそが、貧乏から抜け出すための、大きな踏み台になり得るはずだ」

萌のこの言葉が、現代にもそのまま通じるものであることを、私たちは深く肝に銘じなければいけない、と思う。「五十の手習い」では、突然父を亡くし、家族を養う重役がのしかかってきて、手習所通いを諦めねばならなかった信平に差し伸べられた手を、私たちはお手本にしなければいけない、と思う。

萌にとっての手習いとは、世間を渡る際の、せめてもの「板切れ」だ。「舟をもつ者には櫂（かい）にもなり得るが、もたざる者には、しがみつくのがせいぜいの板切れだ。それでも、あるとないとでは大きく違う」

今よりもずっと制約の多い時代に暮らしながらも、背筋を伸ばし、助け合い、前へと進んでいく人々。とりわけ、手習所にやってくる子どもたちと、自らの愛娘（まなむすめ）を導き育てていく萌の今後がどうなっていくのか。シリーズ化を希望したい。

参考文献

江戸教育事情研究会『寺子屋の「なるほど!!」』(二〇〇四年、ヤマハミュージックメディア)
佐藤健一・編『江戸の寺子屋入門　算術を中心として』(一九九六年、研成社)
佐藤健一『江戸庶民の数学　日本人と数』(一九九四年、東洋書店)
高橋敏『江戸の教育力』(二〇〇七年、ちくま新書)
沢山美果子『江戸の捨て子たち　その肖像』(二〇〇八年、吉川弘文館)

（本書は平成二十九年十一月、小社から四六判で刊行されたものです）

一〇〇字書評

銀杏手ならい

購買動機（新聞、雑誌名を記入するか、あるいは○をつけてください）

□（　　　　　　　　　　　　　　）の広告を見て
□（　　　　　　　　　　　　　　）の書評を見て
□ 知人のすすめで　　□ タイトルに惹かれて
□ カバーが良かったから　　□ 内容が面白そうだから
□ 好きな作家だから　　□ 好きな分野の本だから

・最近、最も感銘を受けた作品名をお書き下さい

・あなたのお好きな作家名をお書き下さい

・その他、ご要望がありましたらお書き下さい

住所	〒				
氏名		職業		年齢	
Eメール	※携帯には配信できません		新刊情報等のメール配信を 希望する・しない		

この本の感想を、編集部までお寄せいただけたらありがたく存じます。今後の企画の参考にさせていただきます。Eメールでも結構です。

いただいた「一〇〇字書評」は、新聞・雑誌等に紹介させていただくことがあります。その場合はお礼として特製図書カードを差し上げます。

前ページの原稿用紙に書評をお書きの上、切り取り、左記までお送り下さい。宛先の住所は不要です。

なお、ご記入いただいたお名前、ご住所等は、書評紹介の事前了解、謝礼のお届けのためだけに利用し、そのほかの目的のために利用することはありません。

〒一〇一ー八七〇一
祥伝社文庫編集長　清水寿明
電話　〇三（三二六五）二〇八〇

祥伝社ホームページの「ブックレビュー」からも、書き込めます。
www.shodensha.co.jp/bookreview

祥伝社文庫

銀杏手ならい

令和 2 年 9 月 20 日　初版第 1 刷発行
令和 5 年 12 月 15 日　第 9 刷発行

著　者　西條奈加
発行者　辻　浩明
発行所　祥伝社
東京都千代田区神田神保町 3-3
〒 101-8701
電話　03（3265）2081（販売部）
電話　03（3265）2080（編集部）
電話　03（3265）3622（業務部）
www.shodensha.co.jp

印刷所　堀内印刷
製本所　ナショナル製本
カバーフォーマットデザイン　中原達治

Printed in Japan ©2020, Naka Saijo　ISBN978-4-396-34665-2 C0193